我的幸福婚姻 三

［日］颚木亚玖弥 著
赵乐平 译

青岛出版集团 | 青岛出版社

图书在版编目（CIP）数据

我的幸福婚姻.三/（日）颚木亚玖弥著；赵乐平译.—青岛：青岛出版社，2022.9
ISBN 978-7-5736-0342-5

Ⅰ.①我… Ⅱ.①颚…②赵… Ⅲ.①长篇小说—日本—现代 Ⅳ.①I313.45

中国版本图书馆 CIP 数据核字 (2022) 第 114819 号

WATASHI NO SHIAWASENA KEKKON Vol. 3
©Akumi Agitogi 2020
First published in Japan in 2020 by KADOKAWA CORPORATION, Tokyo
Simplified Chinese translation right arranged with KADOKAWA CORPORATION, Tokyo through East West Culture & Media Co., Ltd.

山东省版权局著作权合同登记号　图字：15-2022-20

	WO DE XINGFU HUNYIN（SAN）
书　　名	我的幸福婚姻（三）
著　　者	［日］颚木亚玖弥
译　　者	赵乐平
出版发行	青岛出版社（青岛市崂山区海尔路 182 号，266061）
本社网址	http://www.qdpub.com
邮购电话	0532-68068091
策　　划	左美辰
责任编辑	左美辰
封面设计	半竹栗子
照　　排	青岛新华出版照排有限公司
印　　刷	青岛双星华信印刷有限公司
出版日期	2022 年 9 月第 1 版　2022 年 9 月第 1 次印刷
开　　本	32 开（890 mm×1240 mm）
印　　张	6.25
字　　数	157 千
书　　号	ISBN 978-7-5736-0342-5
定　　价	39.00 元

编校印装质量、盗版监督服务电话　4006532017　0532-68068050
本书建议陈列类别：日本文学　轻小说　爱情小说

目 录

楔子 / 1

第一章　公公的邀约 / 5

第二章　不安与羞涩 / 26

第三章　婆媳交锋 / 54

第四章　思绪萦绕脑海 / 86

第五章　逼近之物 / 104

第六章　春日来临后 / 152

终章 / 189

后记 / 195

楔子

　　男人浸身于秋季寒冷的晚风中，踩着满是枯叶的山路快步向山下走着。今天，他忙过了头，这么晚才踏上回家的路。这里离村子还有段距离，听闻最近有可疑的家伙在这一带出没。传言说，已有好几个村民见到过一个身穿黑衣、掩住容貌的可疑人影。尽管那家伙没有直接做出什么引起骚动的事，可那副打扮还是会让人们觉得心底发毛。男人虽然年轻力壮，可一想到那身份不明的家伙，还是有些害怕。他在心里默默想着：至少不要让我遇到奇怪的家伙。

　　此刻，他一心想着快点儿回家，然后舒舒服服地洗个热水澡，再喝点儿小酒就躺下睡觉。周遭寒冷的空气冻得他发抖，他不由得加快了脚下的步伐。突然，男人停下了脚步。他注意到附近传来了奇怪的声响，那是一种类似踩踏杂草或枯叶的声音。他原以为是自己发出的脚步声，可仔细一听，这声音分明来自远处。他心里害怕：是鹿或者野猪吗？要是熊就不妙了……趁它还没发现，我得快点离开这里。正这么想着，男人的眼睛突然捕

捉到了一个无法辨认的身影。那身影显然不是动物的,而是用双腿走路的人类的身影。除了村里的村民,基本没有人会踏足这一带的山林,外来的游客或住在别墅里的贵族也基本不会来这儿游玩。而且,要是有外人进山,很容易引起人们的注意,很快便会有消息传开,就像最近在盛传的黑衣人一样。男人觉得情况不妙,要是对方会危害村子或是在逃的罪犯、嫌疑人之类的可怎么办?男人咽了咽口水,下定决心后,朝着人影的方向追了过去。

追了没多久,他就找到了那个可疑的人影。或许是为了掩人耳目,那人将身体藏进了黑色的披风里,要不是男人的视力在夜间依然很好,恐怕无法发现他。

他掩着脸,不会是那个传闻中的黑衣人吧?男人心里嘀咕着。错不了的,他肯定就是传闻中的那个黑衣人!只见藏在披风里的家伙一边环顾四周,一边快速朝山下走去,似乎很怕被人发现。男人也拿不准黑衣人到底想干什么,便屏住呼吸偷偷跟在黑衣人后面。

这个方向通往一间破旧的小屋。那是很久之前建在村外的屋子,因年久失修,有坍塌的危险,目前已经无人居住了。

难不成那无人居住的小屋现在竟成了违法乱纪的家伙的聚居地?若是如此,就更得查明真相了。男人暗自下定决心。现在村里见过黑衣人的目击者都觉得害怕,没人敢跟踪调查。说实话,要独自跟踪黑衣人,男人心里也很害怕。可若坐视不管,最后引发了严重的危机怎么办？想到这里，男人心底萌生出身为村子一员的责任感，这战胜了他内心的恐惧。他与黑衣人保持着安全距离，在不被察觉的情况下继续跟踪。终于，小屋出现在了眼前。男人赶忙停下脚步，掩起身体，盯着黑衣人打开屋门走了进去。

从打开的屋门缝里能隐约窥见一个人影，似乎屋里有两个人。咦？小屋里还有人吗？该不该去劝劝他们呢？男人犹豫着。不，倘若对方人多势众，自己还是不要贸然行动比较好。毕竟，他们看上去就很可疑，说不定身上还藏着危险的武器，还是先回村里报告这件事吧。这么决定后，男人转身准备往回走。不料，他刚一转头，就看见一个高大威武的家伙静静地立在自己身后，这家伙没有发出一点儿声音，也没有泄露任何气息，所以男人之前丝毫没有察觉。这人看起来身长七尺以上，很是壮硕魁梧，正以缓慢的动作低头俯视着男人。两人视线对上的瞬间，响起一种"吱嘎吱嘎"的声音，令人发毛。即使想逃避，可这种类似磨牙声的声音仍不停地钻进男人耳中。

这高大的家伙同方才那黑衣人一样，都披着黑色披风。直觉告诉男人，这家伙可能不是人类。

一瞬间，男人有种被人用冰凉的手一把抓住心脏的感觉。他的脊背发凉，牙齿也吓得直打战。慌忙之下，他踉跄着后退几步，一屁股跌坐到地上。壮硕的家伙一边发出"吱嘎吱嘎"的响声，一边靠近男人。仔细一看，那家伙的头上竟生着两个粗长的

犄角。

"呜……呜哇啊啊啊啊啊……"

一阵惨叫过后,男人失去了意识……

第一章　公公的邀约

正值金秋,帝都到处都吹着凉爽的秋风。天空澄澈,云朵如被毛笔晕染过般轻盈绵长,还有蜻蜓在空中悠然自得地飞舞。

帝都充斥着秋日的凉意,可大街上却依然热闹非凡。

街上,两名女子结伴而行,其中一个身穿洋装、披着薄大衣,另一个则穿着米色打底、印有秋季风物的和服。穿着和服的少女,便是帝国屈指可数的名门望族的当主久堂清霞的未婚妻斋森美世。此刻,她正在繁华的街上闲庭信步。

"能顺利买到需要的东西真是太好了!"美世身边的久堂叶月开心地说。

这位久堂叶月便是美世未来的大姑姐。

美世微笑着回应:"是呀,谢谢姐姐陪我一起来!"

"你太客气了!可我总觉得,只有我在开心地逛街。"

"不不,我也逛得很开心。"

初见叶月是在几个月前。在这段日子里,虽然历经风波,但美世仍会每周和叶月见上两三次,跟着她努力学习如何成为一

名完美的名媛。

但是,一味努力学习也会让人喘不过气来。因此,叶月说今天要带未来的弟媳模拟"约会"。至少表面上是这样安排的。

美世刚听到时十分不解:"约会一般不都是男性和女性一起吗?"

叶月竟然神经大条地回应:"没关系,我来充当男性角色就好了。"说罢,她就强拉着美世出了门,结果就变成了现在的局面。

不过,对美世来说,跟叶月出门是很开心的事,因此她并没有怨言。

叶月心里也得意扬扬:嘿嘿嘿,太好了,臭老弟,你等着瞧吧!今后你绝对会感谢我的。想到这儿,她美艳的脸上浮现出了奸计得逞般的笑容。

二人在百货大厦购买的是美世要穿的洋装。美世本来就对洋装感兴趣,但一直没有机会、也没有勇气去买。

难得美世跟着自己出来购物,看穿了美世心思的叶月借机劝道:"我好想看小美世穿洋装呀,绝对会很可爱的!"

在叶月的怂恿下,美世终于下定决心,而且她不否认自己也想看到清霞见到自己穿洋装时大吃一惊的模样。

"可是我还是很紧张,不知道老爷看到后会怎么说……"

"放心放心!你刚才试穿的时候,我就觉得超级可爱。那个不解风情的大木头也绝对会露出一脸痴相的。"

美世想象着清丽的未婚夫一脸痴相的模样，总觉得有点儿……不过，若真像叶月说的那样，清霞会心动，她也会很开心的。

"真是那样的话就好了！"

"绝对没问题！你要自信些！等你穿惯了洋装之后，再挑战礼服吧！"

二人一边说着，一边往停车的帝都外围走去。

因为已经达成购买洋装的目标，她们打算早些回去，继续学习到晚餐时间。

生活总是会在不知不觉中改变一个人。明明春天的时候久居闺中的美世在外出时还因为不习惯外面的世界而总是小心翼翼，而现在已经习惯的她也能够单纯地享受外出的乐趣了。

二人走在路上，美世看着周围，心想：这里离老爷工作的地方很近呢……

这条路她已经走过很多次，早已烂熟于心，所以一个人外出也绝不会有问题，可清霞、叶月、由里江会不会同意就不好说了。美世正考虑着这些，突然，走在前面的一名身穿和服、双手环抱着巨大行囊的男人踉跄了一下。

"啊！"美世惊叫了一声。

"他没事吧？哎呀，那个背影我好像在哪里见过……"

美世和叶月面面相觑。

或许是身体不适，男人在路旁蹲了下来。美世和叶月觉得

不能坐视不管,叶月说她去把车叫来,美世便慌忙地走到了男人身边。

"您不要紧吧?"

美世伸手扶起男人,但在看到他的脸的瞬间,却不由得屏住了呼吸。

男人脸色惨白,但相貌却端正得令人惊艳,瞬间吸引了美世的目光。他肤白且清秀,有种偏中性的感觉,尽管能马上看出来是一名男性,但极尽温柔优雅,比深闺名媛还有气质。

一个荒唐的想法瞬间在美世脑中闪过:这位,跟清霞好像……随即这个念头便被焦急的情绪取代。男子似乎十分痛苦,不停地冒着冷汗,但还是彬彬有礼地望向美世。

"谢谢您,好心的小姐,不过我这是老毛病了……"

"这……这样呀……"

就算对方这么说,美世也不好就这样扔下他不管不顾地离开。该怎么办才好呢?就在美世蹙眉思索时,耳边传来一声惊呼。这是去招呼司机开车过来的叶月发出来的。

"这声音!该不会是……父亲!"

"嗯?我当是谁呢,原来是出现了幻觉,看到了我可爱的女儿。咳咳,难道我终于要死了……"

男人一边咳嗽,一边说着不知所谓的话,甚至连眼神都变得缥缈起来。

美世完全摸不着头脑,只得一脸茫然地愣在原地。另一边,叶月却长舒了一口气,脸上焦急的神情也随之烟消云散。

"真是的,您在说什么傻话呀!刚才我还在想'不会吧,您怎么会在这里'!真拿您没办法,这儿离清霞工作的地方不远,就去他那儿歇一会儿吧!"

"那个,姐姐,这样可以吗?不去医院能行吗?而且,白天工作的时间去老爷当值的地方,会不会给他添麻烦呀?"美世有些不安地问,但叶月只是吊儿郎当地挥挥手表示小事一桩。

"没事的,去了医院也没用,再说这又不是和清霞无关的人。"

看着叶月一脸无所谓的样子,美世只好按她说的,扶起男人往前走。没过多久,他们便来到了久堂清霞的办公地——对异特务小队执勤所。

"所以,为什么会变成这样?我可没有这个闲工夫!"身穿军装的清霞用手按着太阳穴抱怨着。

美世、清霞、叶月和那个男人面对面地坐在对异特务小队执勤所的会客室的沙发上。

"有什么关系呀,离你这里近嘛!"叶月一脸无所谓地回应道。

"怎么会没关系!在当值的时候把我叫出来,我会很难办的!"

"那个,老爷……对不起……"看到未婚夫那发自内心的反感,美世有些愧疚地向他道了歉。

清霞怔了一下，随即微笑着安慰美世："这不是你的错，一定是这两个人怂恿的！"说着，清霞向坐在对面的两人投去犀利的目光。

然而叶月依然是一副无所谓的样子，他身旁的男人倒是两眼发光。

"清霞，好久不见了，我很想你呢！你身体好吗？真是的，你也不回家看看我们……咳咳……"脸色依然惨白的男人猛地从沙发上站起来，想要靠近清霞，但被剧烈的咳嗽拦下了。

"啊！当我拜托您了，像个长辈样吧！真是的，这可不是在跟您开玩笑！"

清霞猛舒了一口气后，再次转头望向美世。

"如你所见，美世，这位脸色苍白的中年男人，就是我们的父亲，久堂家的前当主——久堂正清。"

美世之前便听到叶月喊男人"父亲"，所以大概也猜到了他的身份。怪不得她一见到男人那清秀的脸庞，便觉得他跟清霞长得像。正清也是皮肤白皙，只是他不似清霞那般连发色和虹膜的颜色都很浅。不过，在拥有绝世美貌这一点上，二人倒是如出一辙，从外貌上也完全看不出正清已步入中年。事实上，年近五十的他，不管怎么看，也就三十多岁的样子。乍看之下，他就像是清霞的兄弟。

一下子接收到诸多令人震惊的讯息的美世，先是对和自己解释的清霞点了点头，然后向正清问好。

"初……初次见面,我是斋森美世。"

"初次见面,我是叶月和清霞的父亲久堂正清,请多指教。"

"是……是,请多多指教。"

美世怀着紧张的心情,战战兢兢地握住了正清伸出的苍白而纤细的手。

握住的那一刻,美世暗自担忧:他果然相当瘦弱。

虽然正清的样貌和清霞极为相似,但仔细看看便会发现二人的体型截然不同。清霞清秀的脸很有欺骗性,可他作为军人常常锻炼,身体格外强壮,而且他常年持剑,手掌覆有一层薄茧,握起来很硬。相较之下,正清人如其面,整个人都很清瘦,个子看着也比清霞矮一些,手掌单薄得甚至有些透明。

"美世,抱歉给你添麻烦了,如你所见,我父亲身体比较虚弱。"清霞一副无能为力的样子。

"所以,去医院也无计可施。"叶月也是无可奈何地轻轻摇头。

正清倒是与二人的态度不同,朝美世露出了明媚的笑容。

"咳咳……你可帮了我大忙呢,美世小姐!能在那里遇见你,真是太好了。咳咳……能有你这么温柔善良的儿媳,我是多么幸福呀!咳咳……"

"能不能闭嘴?"

"请您安静,父亲!"

被子女批评后,正清有些沮丧地垂下了肩膀,大概是觉得再

这么说下去也解决不了问题吧。

这时,清霞将话题拉了回去:"这个时候,你为什么会出现在这里,是有什么事要办才来的吧?"

"对,是有事要办!"

眼看正清又要激动地起身,坐在他身旁的叶月连忙拉住了他。美世借机赶紧整理着脑中已知的信息。

正清退下久堂家当主的位子后,通常不会来帝都,都是和夫人住在地方的别墅里。虽然只是推测,但通过一系列的观察,正清卸任和长居于地方大概都与正清身体虚弱有关。现在,帝都中心富丽堂皇的久堂家主宅只剩叶月一人居住,清霞则是住在郊区的小房子里,一家人住的四分五裂。

"我是来见你们的。"冷静下来的正清老实说道。

清霞听后,不解地看向他:"为什么这个时候来?事到如今……"

"啊……我也得承认,确实是事到如今……不过,你们也知道的,我要是夏天来,可能会因为太热而晕倒的!"

"唉……"

"话虽如此,去提亲的我却连儿媳妇的面都不见,也说不过去呀!而且,我也想看看久不露面的女儿和儿子可爱的小脸嘛!"

"这样的话,您是不是事先联络一下我们比较好呀,父亲!"

叶月说得没有错。既然知道自己身体虚弱,就应该事先通知一下儿女。

听到女儿的抱怨,正清却嬉皮笑脸地说:"我想来个突然袭击嘛!"

听到他的回答,姐弟二人异口同声地吼道:"你这样只是给人添麻烦!"

因为清霞还在当值,不便占用他太多时间,美世和叶月便带着正清换了地方。

三人来到了久堂家的主宅。

只是站在门口,美世便在心里忍不住惊叹。久堂家的主宅气派非凡,规模也大,简直到了令人叹为观止的程度。相比之下,自己和这气派的豪宅似乎格格不入,美世只是想象着有一天要住进这里,便觉得要起鸡皮疙瘩了。

"别客气了,小美世,快进来吧!"在叶月的催促下,美世首次踏进了久堂家的主宅。

主宅外观上是气派的西式石造建筑,外墙是淡黄色的,墙面雕满了蔓草图样。让人放松的墨绿色地毯从双开式大门铺至内宅,直通宽敞的玄关大厅。内室屋顶很高,估计两个美世叠起来也够不着天花板。

美世环顾四周,发现玄关的墙壁上方镶嵌着光彩夺目的花窗玻璃。美世总觉得西式的宅邸让人望而却步，之前去拜访母亲娘家的薄刃家时她也有这种感觉。这可能是因为她出生在纯和风的家里，现在和清霞一起住的也是日式风格的民宅。或许就是习不习惯的问题吧！不过，薄刃家还只是将二楼装潢为西式风格，久堂家的主宅则是不折不扣的豪宅，这让美世产生了更多的紧张感。

"对不起啊，小美世，总觉得好像突然把你卷入了奇怪的状况里。"

叶月充满歉意的话让美世慌忙摇头。

"没，没有。虽然听了很多不可思议的事，但是我没有感到任何困扰。而且，我之前其实一直很在意没有见过老爷的双亲。"

"啊，这样！"

之前，清霞曾对美世说过没必要特意去跟他的双亲请安之类的话。他表示自己现在是当主，所以自己的婚事不需要请示双亲。可就算清霞不让他父母发表意见，在他父母心中，对一个面都不露、也不去请安的准儿媳，很难有什么好印象吧。美世虽然察觉到清霞似乎不太想见他的父母，但如果他们对自己印象不好，自己还是会伤心的。

难得见到了未来的公公，美世想要好好地问安并与之建立起良好的关系。她单纯地想：这样，大家一定都会觉得很幸福。

因此，正清能主动来见他们，还愿意温柔地接纳自己，实在令美世喜出望外。

"啊呀,真让人怀念呀!"正清一边环顾着玄关,一边开心地说。

"那是因为你不怎么来这里了嘛!"

"嗯……美世小姐,迟迟没有露面,我要再次向你道歉。我应该早点儿过来见见你们才对。"

"没有,请您别当回事。"美世说完,突然想起了什么。对了,要清霞和美世签订婚约的不是别人,正是公公正清!这样的话,美世必须要跟他确认一件事。

三人走到了主宅的会客室里。这个房间也华美异常。墙面和天花板上刻满了充满异域风情的几何花样,连灯具都是华丽的花朵模样。沙发是昂贵的真皮材质,即使是不起眼的木质椅脚上都雕着精致优雅的雕花。室内这气派的装潢让美世感到有些压力,她小心翼翼地浅浅地坐上一看就知道价值不菲的沙发。在用人将香气四溢的红茶和精致美味的茶点端上桌后,美世主动地开了口。

"那个……"

听到美世胆怯而小心翼翼地搭话,正清微笑着微微歪过头。

"怎么了?"

"我这样的人,真的可以吗?"

听到美世的提问,叶月放下手中的茶杯,皱眉道:"小美世……"

"美世小姐,你指的是什么?"

"我……我在自己家几乎被当成一个透明人,知道我是斋森家女儿的人,恐怕屈指可数……"

周围的空气瞬间冷却下来,但美世知道不可以退缩。她鼓起为数不多的勇气继续道:"说起斋森家的女儿,一般都是指舍妹。我能进入久堂家,真的纯粹是机缘巧合。"

香耶曾说过,与美世相比,她与清霞之妻的身份更相配。对此,美世也回应过——她不愿意让出清霞身边的位置。美世无法回击说自己更适合这个身份。但实际上,在那个时候,确实是妹妹香耶才拥有与嫁入久堂家相配的能力。无人问津又一无所有的美世难以想象正清会选择自己。

"所以,你想说,实际上你并不是我们想要的那个人吗?"

"是……是的。"

听到正清的总结,美世觉得胸口隐隐作痛,但他说的是事实。清霞曾对美世说过,他只要美世就够了。美世也下定决心,不管发生什么事都要相信清霞。但是,她还是害怕被人说不需要她。她不自觉地垂下头来。但是,正清并没有回以她冷酷的态度或言语。

"我做这种事的话,清霞或许会生气吧。但,做了也没关系吧?"说着,正清温柔地抚摸了美世的头。

"确实,我当初打听到的关于斋森家女儿的情报,应该是关于你妹妹的。"

"是。"

"但是,我知道你的存在。"美世不曾想到正清会知道自己,吃惊地抬起头来。正清带着困惑的苦笑一下子映入她的眼眸。

"确切地说,是我听到了关于斋森家女儿的情报后又调查了一下,然后我发现斋森家还有一个女儿,我便想着或许嫁过来的会是那个孩子。"众所周知,斋森真一非常重视第二任妻子,也极其疼爱其生下的女儿,但要发现他还有一个女儿也并非难事。

"所以,我干脆不特意指名,只是通过熟人向斋森家递话说想让贵府的千金和小犬成亲。"正清解释着。

会派两个女儿中的谁来呢?这简直就是赌博。

"真是的,都怪清霞迟迟不肯结婚,所以我只能听天由命了……可以说,我当时几乎都要自暴自弃了!"

"自暴自弃……"

"啊,当然,我也觉得自己这么做对斋森家有失礼数,我也觉得很抱歉。"听正清这么说,美世不知道要做何回应,不禁有些手足无措。

"美世小姐,真是失礼了,真的很抱歉。"

"没,没有!"

"可话又说回来,虽然这么做确实不好,但我完全不后悔,我甚至想要夸奖那时的自己干得漂亮!哼哼哼……"正清环抱着胳膊,一脸得意地笑着。

"因为美世小姐你的到来,清霞变了呢!"

"嗯?"美世慢慢地眨了眨眼睛,一头雾水,心想:老爷他……改变了吗?

在美世看来,清霞从一开始就很温柔,虽然传言说他冷酷无情,可一接触就能知道那些传闻都不属实。当然,美世可以理解,清霞过于端庄清丽的美貌与不善言辞的性格确实会让周围的人有所误解。但作为父亲的正清肯定了解清霞真实的样子。正清没有回答满脸疑问地抬头望向自己的美世。

"所以,美世小姐,没有什么值得你不安的。我真心觉得你能到我们家来真是太好了。我真的要感谢上苍。"

"非常感谢您。"美世胸中充满了感动。还在斋森家的时候,美世也曾真心地认为自己毫无价值。直到今天,她也依然觉得那时的自己就算不是一文不值,也是个空洞到无可救药的人。即便是那样的自己,来到清霞身边后,大家却说美世是必要的。美世从来不知道,这种无条件认为自己好的世界竟然是存在的。她甚至忍不住怀疑,自己这么幸福真的可以吗?

"小芙由现在还在闹小别扭,但我觉得她一定会接纳你的。"

"小芙由?"

"你说母亲吗?不可能不可能,她才不会呢!"

正清口中的"小芙由"是他的妻子、叶月和清霞的母亲的名字吧?看到叶月打心底里嫌弃的表情,美世不禁吃了一惊。美世似乎还是第一次见到叶月露出如此厌恶的表情。

"真是的，叶月也是，清霞也是，为什么这么讨厌自己的生母呢？"

"该说讨厌吗？可是，应该没人会喜欢那种一年三百六十五天都在闹别扭的人吧？"

"不知道为什么，总觉得你在拐着弯地讽刺我是怪胎……不过，这方面的话题，与我今天的来意也有关，所以我们等清霞来了再继续说吧！"

之后，三人东一句、西一句地闲聊起来，不知不觉间太阳已经落山了。毫无顾忌地闲聊本是让人开心的事情，但美世还是不太习惯坐着让别人侍候。就在她快要坐不住的时候，清霞终于来到了久堂家的主宅。

"少爷回来了！"用人前来报告。美世迅速抬起头来。

"少爷"指的便是清霞。本来应该称清霞为"老爷"的，但前当主正清实在退位得太早了，所以久堂家还是称正清为"老爷"，称清霞为"少爷"。美世听到清霞回来了，稍稍有种得救了的感觉，借势飞奔出了会客室。

"老爷，辛苦了！"

看到美世来到主宅玄关处恭迎，一路风尘仆仆的清霞露出了浅浅的笑容，回了一声"嗯"。

美世像平时一样自然地接过清霞手中的军装外套，不料清霞突然转过身，直直地盯着美世。

"美世，我父亲没有对你做什么奇怪的事吧？"

"唉?唉!您指的是什么事……"

"比如突然抱住你、握你的手、摸你的头,或是说些有的没的?"清霞一口气举了一连串的例子。美世不禁惊了一下,其中有一个,自己刚才就体验过。美世脸上细微的表情变化没有逃过清霞的眼睛。

"看来有呢!"

"不,不是!那个,我……"

"是吗?我明白了,我现在就将那个无可救药的父亲烧为灰烬!"面无表情的清霞掌心"呼"地燃起了一团蓝色的火焰,美世连忙拉住了平静地燃起怒火的未婚夫的手臂,火焰熄灭了。

"不!不行!"

"没关系的!少了吵吵闹闹的家伙反而清净!"

"有……有关系的!要是老爷变成了杀人犯,我会难过的!"

虽然没有必要勉强两人和好,但难得有个能让父子俩好好交流的机会,美世希望他们至少能好好谈谈,把问题解决。

美世说完,两个人都沉默了。

过了一会儿,或许是美世的坚决打动了清霞,清霞像被她打败了似的,暂时压住了自己的怒火。

"真拿你没办法,我就姑且听听他的鬼话吧!"

"老爷……"

用人带着两人来到了餐厅,餐桌上已经摆好了晚餐,叶月和正清已经入座。两人均是一脸坏笑地望向清霞和美世。

"啊呀,来得真是慢呢!不就是从玄关走过来嘛!"

"嗯嗯,我猜一定是这样的!'我回来了,honey(甜心)!''欢迎回来,darling(亲爱的)!'"

美世不知道 honey、darling 这些词是什么意思,是外语吗?在美世一脸不解的同时,身边的清霞释放出仿佛来自冻土区的冷空气。

"现在,立刻,马上让你那恶心的妄想消失!不然我一把火烧了你!"

"怎么能说恶心呢?我和小芙由都是这样来确认彼此有多爱对方的!"

"唉!你跟妈妈!你是认真的吗!"

正清像孩子一样鼓起腮帮子表示不满,叶月却对他投出难以置信的眼神。察觉到再这样下去会一发不可收拾的美世连忙喊着"老爷",催促清霞就座。

"那么,我们开动吧!"在叶月的招呼下,大家纷纷拿起筷子或刀叉。

虽然是在久堂家主宅进餐,但每个人的菜色都不同。或许是厨师贴心,他根据每个人的情况配了不同的菜。正清身体虚弱,所以给他准备的是容易吞咽的粥类及豆腐类。叶月要保持身材,给她的是以蔬菜为主的沙拉和汤,因各类蔬菜色彩搭配得极好,也让人食指大动。清霞则同往常一样,吃的是鱼类、炖菜

等和风料理。美世的菜色几乎跟清霞一样。用西洋香草和日式作料调味的当季鲑鱼,味道特别且十分美味。味噌汤虽是咸口,却搭配着绵糯香甜的红薯。使用香菇、玉蕈等菌菇拌的凉菜,配上鲜美的高汤,味道既不会过咸,还更有层次。

美世边吃边想:好奇特的味道,但是超好吃!不愧是久堂家的厨师,不仅烹饪技巧一流,还照顾到了每一个人的需求。他们处理食材的方式是美世这种外行完全想不到的。美世一边不停地吃,一边记着这些菜色,寻思着可以在日后作为参考。没一会儿,大家差不多已吃了个半饱,清霞开口切入正题。

"所以,你白天没有说明的事是?"

"啊,对了!好久没回主宅用餐,我吃得有些入迷了。"正清"哈哈哈"地笑了起来,这让清霞更加不耐烦。

"不逗你了,就像我白天说的,我会来这里,是想来看看我可爱的儿女、帝都还有主宅现在成什么样了。当然,还有另一个理由。清霞、美世小姐……"讲到这里,准公公依次扫过清霞和美世的脸,然后一本正经地说,"我想邀请你们小两口到我和小芙由的别墅做客!"

美世大吃一惊,但看看清霞和叶月,他们像是早就猜到了似的,脸上毫无波澜。

清霞直截了当地回答:"我拒绝。"

这事美世倒毫不意外,毕竟从清霞刚才表现出的态度来看,他这么回答是意料之中。说真的,美世其实很想到别墅拜访两位长辈。但清霞排斥的话,她也不打算勉强他。

"虽然我很想这么说……"正在美世失望之际,清霞突然满心嫌弃地继续了之前的话题,"但现在似乎不能这么拒绝了……虽然我不情愿,但我们接受这个邀请。"

"啊呀,可以吗?"

"工作上正巧有一件不得不去那里的事,我们只是顺便住在那里!"

"您的工作是什么?我也去的话没关系吗?"

要是清霞有公务在身,美世跟着去或许会影响他的工作。听到美世不安地询问,清霞向她投以让她安心的微笑。

"没关系,只要不直接跟我的工作牵扯上关系就不会有危险,别墅的防御体系也万无一失,你一起去也不会有问题。"

"……这样就好。"

于是,美世跟清霞一起接受了邀请,决定跟着正清去别墅拜访。

吃完晚饭,在大家即将散场之际,正清唤住了清霞。

"清霞。"

"干吗?"清霞下意识地冷淡回应。

也许清霞自己也意识到了,自己对父亲抱有某种复杂的感

情。其实父亲倒也没有做过什么不可饶恕的事,只是在一家人还一起住在主宅时,父亲对任性妄为的母亲的放纵,让清霞觉得他很不靠谱,仅此而已。当初清霞迟迟没有定下结婚对象一事,似乎让父亲担心了很长一段时间。但要说起来,母亲便是让他不想结婚的原因之一,可父亲始终放纵着母亲。所以老实说,以前看到他俩因自己的婚事闹心,他偶尔还有些报复性地开心。其实,在清霞心中,这次回来吃饭也是为了赶紧打发正清回别墅。

清霞瞥了一眼站在自己身旁一脸不解的美世。

"有件事,我刚才忘记说了。"

清霞将视线转向正清,沉默地催促着他。

"其实呀,别墅附近出现了可疑之人呢!"

"可疑之人?别墅不是设有结界吗?"

"是有呀!所以我觉得我们应该不会有危险。可我还是会在意嘛!你看,这会不会和你的工作有关?我想给你提个醒嘛!"

"确实有这种可能。"

清霞回忆着自己此次负责的对异特务小队的任务,这次任务是关于某个农村及周边区域发生的怪异现象,虽然波及的范围不大,但下一任天皇尧人指名要清霞来负责解决这件事。出现怪异现象的农村刚好离正清夫妇的别墅很近,恐怕这不是偶然。尧人特意指名清霞,或许是另有打算。

"我也真心希望你可以尽量解决此事!"

"等有时间了,我会好好想想的。"

清霞长舒了一口气,心里不禁觉得麻烦。要是在以前,他多半会丢下一句"你自己想办法解决就是了"便结束此事。但今天,清霞没有这么做,因为他身旁有了这位未婚妻。美世的眼睛在向他传达着请求:跟父亲好好相处吧!

"回家啦!"

"好!"

清霞对美世说完,抬脚就要离开。

即使彼此间有着一道墙,但能有机会好好面对双亲,能将自己想说的话准确传达,真是太好了。清霞再次感到能与美世相遇,真是莫大的幸运。所以即使是自己深恶痛绝的母亲,他也有了想要和她见一见、试着和她好好沟通的念头。

第二章　不安与羞涩

从帝都到内陆，乘火车约需半日。

第一次坐火车的美世，在车厢内一直处于紧绷状态，除了无法相信如此庞大的交通工具能顺畅移动，三人搭乘的内部装潢豪华气派的木造头等车厢也让美世不安。

他们一大早就坐上了这趟首发列车，现在已经过了几个小时，美世始终一动不动地挺直脊背，双手乖巧地放在腿上，脸上表情也很僵硬。

"美世，放松一点儿也没关系。"清霞正在优雅地阅读着报纸，他今天没有穿军装，而是穿了一件白衬衫加一条黑色的长裤。

"虽……虽然你这么说……"美世实在做不到像他这般从容。

"美世小姐，要不要喝杯茶呢？这里的茶饮很好喝哎！"正清正捧着自备的日式茶杯，悠闲地品着茶。

列车时不时摇晃着，美世总觉得自己会因拿不稳茶杯而将茶水洒出来,所以不敢喝茶。

"不……不用了……"

"这样呀,但是路途遥远,还要好一会儿才能到呢!如果有需要的,尽管开口,千万不要客气。"

"谢……谢谢您!"

虽然美世感激正清的关心,但她实在无法放松下来。

"话说回来,叶月没能一起来,实在可惜……"

听到正清惋惜地低语,美世也附和道:"真是很可惜。"

帮美世收拾行李的叶月似乎有推不掉的重要宴会要参加,所以没能一起来。

"我也想去啊!我也好想一起去喔!要是我不去,妈妈欺负小美世的时候,谁来保护可爱的小美世呀!"

叶月"哇哇"地叫着,可这是没办法的事。

"她不在挺好的,安静多了。"

"可是,老爷,姐姐很可怜呢!她是那么想来……"听到美世不小心吐出的真心话,清霞一时语塞,皱起眉头。

"买点儿特产带给她吧!"

"好!"

果然,清霞还是很温柔的!美世脸上不自觉地浮现出笑意。

在这摇晃的列车里,美世一边和两人聊天,一边持续着紧绷到几乎昏厥的状态。她吃了一些简单的餐点,便到了中午。

三人费了大半天,终于到了近年因有了温泉才繁荣起来的

城镇车站。虽说繁荣了一些,可整体上仍是个偏僻的小镇。周围都是村子,发达程度跟帝都可谓是天差地别。除了可以随时泡温泉,这里四周均被植被环绕。到了夏天,这一带会比帝都凉爽得多。因此,除了久堂家,似乎还有不少有钱人在这里买了别墅。

"到了,我们下车吧!"

正清提起自己的手提箱,起身准备下车。正当美世要提自己的行李箱时,一只白皙的手伸了过来,一把提起了她的行李箱。

"老……老爷……"

清霞一言未发,只是双手提着二人的行李箱,利落地迈出了步伐。

"老爷,我自己可以的!"

"没关系!"

"不,可……"

美世快步追上走远的清霞,跟他一起下了火车。

走上月台,他们便看到有一名年长的男子在这儿迎接。这男子身穿燕尾服,发型梳得一丝不苟,一看便知道他定是效忠于某户人家的侍者。

"老爷,欢迎回来!"

男子向正清深深鞠了一躬,又转头望向美世和清霞。

"少爷,少夫人,欢迎回来。"

"好久不见,屉木。"

"确实好久不见了,少爷,您更加成熟了。"

据清霞介绍,这名唤作屉木的男子是久堂家的别墅管理人兼管家。

这位挂着一脸温柔笑意的男子,虽是一身严肃庄重的行头,但看上去就是个和蔼可亲的老爷爷。

不对,比起这个,刚刚他叫自己"少夫人"……美世的脸颊顿时烧了起来。她和清霞尚未正式成婚,这样称呼会不会操之过急?虽然还没到难为情的程度,但美世还是不免有些害羞。

"呵呵,小少……不,少爷,真是得了位相当可爱的夫人呀!"

"是啊!不过,您刚才是想叫我小少爷?"

"没有的事!大概是您听错了,呵呵!"

看着装傻的屉木,清霞无奈地耸了耸肩。待全员坐上了停在车站外的轿车后,屉木驾车朝别墅开去。

车站附近有不少旅店及专为旅客开设的特产礼品店,整体感觉还算繁华,但一开出这一带,映入眼帘的便只剩下高山、森林和田野了。

从车站开出约十分钟的路程后,车子驶入一个被田野环绕的村庄,其外围是一小片森林,久堂家的别墅便坐落在这片森林之中。

森林里仅有一条公路,路面铺得十分平整。不过,因为旁边便是深山,这里感觉比清霞、美世生活的那处小宅子更加亲近大

自然。

说不定还能看到野生动物呢!美世暗自期待着,可这期待最后却落空了。

"呼,终于到了!"

"长途跋涉,真是辛苦了!"

不时轻咳的正清下车后伸了一个大大的懒腰。

外面有些凉。虽说帝都在秋冬交替之际也会刮起刺骨的强风,但这里临近深山,海拔比帝都要高一些,因此整体感觉比帝都更冷一些。

围绕在别墅周遭的树木,枝头上的叶片已凋零了大半,让人不禁感觉寒冬将至。

"这里的空气好清新呀!"

"毕竟被大自然包围着。比起这些,美世,你冷不冷?"

美世朝着操碎了心的未婚夫摇摇头。

"有这件外套,你放心吧!"

美世相当喜欢清霞为自己定做的这件外套。今天美世穿的是印有菊花纹样的和服,外面罩着最近才在"铃岛屋"定做的蓝色外套。每逢换季,清霞总会给她添置新的和服或饰品。一开始,美世很是过意不去,但叶月等人总说"没事的,就让他多讨好讨好你吧",现在,她也可以坦然地收下清霞的礼物了。

"是吗?这外套能起作用真是太好了!"

"是的,很暖和。谢谢您!"

在屋木的带领下,四人一边说着话,一边向别墅玄关走去。

跟帝都的主宅比起来,这栋别墅大概只有主宅的一半或者三分之一那么大。这是一个两层建筑,属于西式风格的木造宅院。虽说和主宅没法比,但还是比清霞现在住的那个只有一层楼、房间也屈指可数的民宅宽敞多了。

别墅的外墙是米色的,搭着亮褐色的房顶。比起主宅的富丽堂皇,这儿更多给人以清丽俏皮之感。屋木拉开看起来相当厚重的木制大门后,三人踏进了别墅。

"欢迎各位回来。"

在玄关大厅一同鞠躬致意的应该是家里的用人,一共有六位:一位是看起来跟屋木岁数相仿的女性,一位是穿着纯白色厨师服的三十多岁的男性,还有一名二十来岁的年轻男性,一名中年男性和两名女性。此外,大厅中央还站着一位身穿高雅礼服、气质出众的女子。

"老爷,欢迎回来。"女子优雅地打开手中的扇子,以扇掩面,皱着眉头说道。

站在清霞斜后方的美世,不禁绷紧了身子,心想:这位恐怕就是……

"咳咳……我回来了!没发生什么事吧,my honey(我的甜心)?"

与不管怎么看都满脸不开心的久堂芙由不同,正清露出十分开心的笑容,快步朝她走去。

"我是不会陪你演这种假装亲密的戏码的,到底要说几次你才能明白!"说罢,芙由还不屑地补上一句"真是无聊"。

面对芙由冷淡的态度,正清不仅依旧满面春风,甚至还有点儿喜不自胜。在旁人看来,他们对彼此的态度可谓是天差地别,耐人寻味。

"别说这种话嘛!我只是想对自己心爱的宝贝……"

"我们之间可没什么爱情可言。"

啪!这话简短有力,利落得似乎可以听到其将正清的话毫不客气地打回去的声音。

冷漠地回绝丈夫的亲近后,芙由又将一双细长的丹凤眼转向正清身后的清霞和美世。

清霞极其自然地将美世挡在自己身后。

"清霞。"

芙由招呼清霞的声音也相当冰冷。她的美貌极具攻击性,再加上脸上没有一丝笑意,因而显得格外有气场。

"还真是好久不见了呢,我薄情的儿子!"

"薄情?不是我吧?"

"过年和盂兰盆节你连面都不露,你不觉得自己很不孝吗?"

"我一点儿都不觉得。"

一时间,二人之间连空气都开始紧张起来,听起来他们完全不像母子,反而像陌路人。这一番对话更是让现场的气氛紧张得一触即发。

但是，美世也不想就这样默默地躲在清霞身后，事不关己地看着这一切。她鼓起勇气，迈出一步，来到清霞身旁，与其并肩而立。

"那个……"

"喂！"

清霞出声想要制止，但美世只是朝他点点头。看到美世的态度，清霞略带吃惊地屏住了呼吸。

美世紧握着自己不断渗出汗水的掌心，抬起眸子与芙由对视。

"那个，初次见面，我叫斋森美世。"

芙由毫无反应，似乎并没有把美世看在眼里。

"那个……"

"清霞。"

芙由像没听到一样，打断了想继续问安的美世。

身旁传来轻微的咂舌声，美世抬头一看，清霞漂亮的脸上浮现出一丝怒气。

"清霞，你身边这个一脸穷酸样的侍女是怎么回事？"

侍女？美世马上明白了她是在指自己。有将近十年的时光，她一直被当成用人对待。那时就算被这么说，她也没有丝毫沮丧。可现在，她却久违地生出了心如刀绞的感觉。而这些，清霞也都看在眼里。

"……侍女？"

"是啊。我说的就是恬不知耻地站在久堂家当主身旁的那个丑女。"

大厅里静得仿佛能听到针落地的声音。

芙由似乎仍嫌不够,继续说道:"是哪里来的村姑呀!看着真是粗俗不堪。身为久堂家的当主,竟让如此低劣之人站在身侧,这会让人怀疑你的品位的。"

说罢,她以扇掩面,仿佛看到污秽之物一般,不屑地瞥了美世一眼。

她这一举动彻底触碰了清霞的底线。

"轰隆隆!轰隆隆!"

宅邸外部传来一阵响彻天地的雷声。

一时间,凄惨的响声剧烈地冲击着众人的耳膜,眼前忽明忽暗,清霞的声音宛如从地狱中传来,他一字一句清晰地威胁道:"你再说一次试试。"

"清霞,你做得有点儿过分了!"

正清冷静地劝说着,清霞却充耳不闻。

"你再说一次试试,久堂芙由!"

"什……你竟然对自己的母亲……"

"母亲?开什么玩笑!我从没把你当成我的母亲!"

一瞬间,芙由的脸涨得通红。

跟望向正清时的眼神不同,清霞对母亲投出的视线冰冷且绝情。

"你说什么!"

"事到如今你还在说这些!低俗不堪的究竟是谁?"

清霞一脸讽刺,很明显,他在暗讽母亲的愚昧。

"我事先告知过,今日我会带着未婚妻一起回来。你应该也知道美世的名字。"

芙由收起扇子,将其紧紧地握在手中,似乎要将其折断。她咬着下唇,满面通红,满腔的怒意似乎随时会爆发。

周围没有人敢开口,大家都在紧张地吞着口水,默默地看着这一切。

"老爷……"

美世忍不住伸出手轻轻拽了拽清霞的衣袖,想告诉他自己没事。然而,先对此做出反应的却是芙由。

"你这个没人要的卑贱孩子,别随便碰我的儿子!"

被芙由这样怒吼,美世不由得双肩颤抖了一下。

没人要的孩子,确实,好像自己就是她说的这样。美世异常冷静地想着。母亲死后,父亲连看都不愿看自己一眼。当然,继母也从未把自己当女儿看,她和孤儿没什么两样。被人这么说,也是无可奈何的事。美世并没有为此生气。

不过,或许是担心芙由这些恶语会再次点燃清霞的怒火,用人们全是一副心惊胆战的样子。

"我们久堂家怎么能接纳你这种有人生没人养的丫头!"

美世无言以对。

"看吧!哑口无言!你没法反驳吧!这就是你缺乏教养的证据!清霞,这点你应该很清楚吧!"

"闭嘴!"

在清霞开口的同时,正清介入了他跟芙由之间。

"你们两人都别说了!"

芙由不服气地皱着眉扭过脸去。清霞说了句"走了",便拉着美世的手大步离开了。

在通向二楼的楼梯前,清霞停下了脚步,他转头看向自己的母亲,眼神中全是连愤怒及憎恨都不屑有的鄙夷:"此后,你若再说美世什么,我便杀了你!"

此言一出,除了清霞,在场的人均目瞪口呆。没有人能将其视为一句玩笑而一笑了之,清霞的态度说明了一切。他真的会杀人!

"……清霞!"正清苦涩地轻唤道。其他人噤若寒蝉。清霞压抑着怒火带美世离开了现场。随后,屉木从后方慌乱地赶了过来,带两人走进了位于二楼的房间。

这个房间配着铺满锃亮的瓷砖的阳台,阳光充足,比其他房间都明亮,面积也大,十分宽敞。房间里放着足以躺下三个人的大床,床上还支着床帐篷。配套的桌椅很是豪华,看着相当舒适。壁纸乍看是素面设计,但靠近仔细观察,便会发现上面布满细致的图样,很是雅致。

这里好宽敞呀!美世心里感叹着。她悄悄地观察着站在身边的未婚夫的表情,虽然她想开口说点儿什么打破僵局,但清霞这副面无表情的模样让她有些胆怯。

"那就请二位住在这个房间,如果有什么需求,随时叫我就好。"

"辛苦你了!"

将行李全部搬进房间后,屉木鞠躬行了一礼,退出了房间。

在大门被关上的瞬间,清霞叹了一口气。

"……对不起,美世。"

美世知道清霞在为什么道歉,但这并不是清霞的错。

"老爷……"

正当美世想宽慰清霞的时候,清霞却突然伸出手,像对待珍贵的易碎品般动作轻柔地将她拥入怀中。因为太过突然,美世一时将原本想说的话抛在了脑后。

"抱歉,让你有了不好的回忆。"清霞不停地抚摸着美世的头。

在清霞身上的香气的包围下,美世静静感受着清霞的体温。随着他的抚慰,美世觉得自己紧绷的心慢慢放松下来,内心既温暖又安定。

按道理,自己早就习惯了别人的冷言冷语,所以刚才那种程度的恶语相待,应该不会让自己产生波澜才是。可似乎并不是这样,美世刚刚才察觉到自己并不是毫不在意。

"我早就知道母亲是这样的人,还……"清霞苦涩的低喃中

带着强烈的悔意。

"老爷……"

"抱歉,都怪我。"

清霞似乎比美世更加悲痛,他眉头紧锁,清秀的双眉透露着难言的低落。

"没关系,我没事的,老爷。"

"可是……"

其实,美世觉得芙由刚才说的也都是事实,但要是现在对清霞这样说的话,他估计会更伤心吧。所以,她决定尽可能地说些积极向上的话。

"我……我会尽我所能得到婆婆的认可的!"

"美世……"

"虽然我没法改变自己的过去,但是,我还是很想和未来的婆婆好好相处。"

就算有血缘关系,就算是一家人,也不见得能无条件地理解、包容彼此,美世很清楚这一点。所以,现在的她明白,如果马上放弃,就永远无法得到芙由的信赖。

我不会逃避的!她在心里给自己打气。

虽然,美世对该如何去做毫无头绪,但跟过去不同,现在的她已不再是那个孤零零的可怜虫了。她相信,就算她做不到,清霞也会帮她的,叶月也会。因为她不再是孤军奋战,所以她更要努力。

"所以,老爷,您能别插手放心交给我吗?"

将美世完全笼在怀中的清霞,脸突然冷下来。虽然他平时也是一副冷冰冰的样子,可现在他脸上却带着几分闹别扭的感觉,看到清霞像小孩子一般可爱的反应,美世不禁笑出了声。

"真拿你没办法。"

"谢谢您。"

"不过,刚才我说要杀了她是认真的。如果她又说了你什么,你要告诉我。我立马让她化为灰烬。"

"不……不能杀人!"虽然知道清霞不会那么做,但美世还是忍不住叮嘱着。她也知道清霞不是真的要杀死芙由,可他刚才似乎真的很生气,周遭散发出来的杀气让美世有点儿害怕。

"别阻止我!"

"啊……那,那个请别这样。"

清霞松开了一直抱着美世的手,叹了一口气。离开那原本包裹着自己的体温后,美世感到几分寂寞。

因为被拥入怀中而感到平静,因为离开怀抱而觉得寂寞……自己,大概是希望被清霞多抱一会儿吧。美世心里这样想着。但紧接着,她又暗暗告诫自己:这太不像话了,有失淑女风范。

为了掩饰自己发热的双颊,美世反射性地以手掩面。她脑袋里咕嘟咕嘟的,热得仿佛要沸腾起来,眼前也是天旋地转。

"算了,就这样吧。离吃晚饭还有一会儿,在那之前,我要去

附近的村子探探情况。"

"您不休息一会儿吗?"

现在刚过正午,虽说山区日头落的比较早,但离天黑还有好一阵子。

"嗯,乘车来的路上,我一直坐着不动,并不觉得累。而且,我也不打算在这里待太久,所以想现在就去打听打听情况。"

清霞披上外套,只带了个皮夹在口袋里。看起来,他真的只打算去打听一下。

"那个,我……"

虽然刚才逞强说出没问题之类的话,可真要让她一人留在这别墅里,她还是相当不安。事到如今,她更为叶月没能陪着他们一起来而感到可惜。

"你可以在这里休息一会儿……"说到这里,清霞顿了顿,思考了一下后再次开口,"你不累的话,要不要跟我一起去?"

这是清霞第一次邀请美世和他一起外出执行公务。从别墅出发,大约步行十五分钟便可到达附近的村庄。

这边的村庄总人口有一百左右。据说,村里也有温泉及迎合游客的特产礼品店,还有一间为游客打造的小型民宿。在这偏僻的地方,这村子已属繁华之地。

尽管和帝都那整齐美观的街道无法相提并论，但这里的路面也都铺设得十分平坦，走起来并不吃力。只是偶尔吹过来的风还是有些凉，美世不禁猛地缩起脖子。

"我这次的主要任务就是调查此处。"

"调查……吗？"既然派异能强大的清霞前来，美世还以为是要对付什么厉害的异形，看来并不是这样。

听到美世的反问，清霞轻轻地点了点头。

"啊……有报告说这一带发生了奇特的怪异现象。"

奇特的怪异现象？能用这种说法，肯定是了不得的事吧。一般情况下，发生难以想象的荒诞怪事时，人们才会称为怪异现象。那么，怪异现象前再加上"奇特"的定语，该是什么样的事呀！

或许是察觉到了美世的疑问，清霞又开口解释道："之所以说奇特，是因为这怪异现象超出了认知。"

"超出了认知？"

"没错。举例来说吧，全国各地都有关于土著居民的传说，对吧？"

的确，在各地都有口口相传的民间故事或传说。美世读的书不多，知道的民间传说寥寥无几，但著名的民间故事她还是知道几个的，这些故事都有各自的地域背景。

"这附近也有类似的传说。当然也都是老生常谈，比如修炼成精的狐狸或狸猫捉弄人的故事，或是生在这片土地上的某人化为怨灵的传说，等等。"

俗话说,无风不起浪。因为有这些故事的存在,这一带也随时都有可能发生传说中的怪异现象。在这种情况下,当地居民见得多了,也大都知道该如何应对。要是发生的是此类问题,根本轮不到对异特务小队出面解决。所以,他这次奉命前来调查的,肯定是从未发生过的怪事。

"报告说,有村民目击到头上长有尖角的高大恶鬼的身影,而且这类说法似乎接二连三地传出。但是,这里并不存在与报告内容相吻合的远古传说。此外,根据相关卷宗,过去也没有地方发生过这类怪异现象。"

"也就是说,现在发生了闻所未闻的事……"

"严格来说,也不能一概而论。各地流传的怪谈内容都会随着时间在口口相传中有所改变,有时候,还会随着新的异形的出现产生新的传说。"

对异特务小队的任务也包括调查这类原因不明的奇特的怪异现象。毕竟,人们对真实样貌不明或是超出自身认知的东西总会心生畏惧。而这种想象力无疑会增强异形的力量。

"如果这事真由异形而起,为绝后患,必须将其扼杀在萌芽中。就算这事与异形无关,只是传闻,也要在传闻化为真正拥有力量的异形前将其解决。这就是我们的工作。"

"这样呀……"美世似懂非懂。对基本上不谙世事又孤陋寡闻的美世来说,这些事一时很难理解。

"总之,"清霞将一只手轻轻放在美世头上,"我必须先摸清现状,同时多方打探,你陪我一起吧!"

"好!"美世的脸上不自觉地浮出笑意。

能跟清霞一起出门,她真的很开心。而且,他能像这样向自己大致说明工作的内容,便是他相信自己、认同自己的证据,这让美世更加开心。但是,自己目前各方面的能力都不足,没法帮上清霞的忙,这让美世有些焦躁不安。

穿过环绕别墅的森林,顺着平缓的下坡走了一阵,便到了清霞所说的村子。看着像村庄入口的地方杂草丛生,掩住了一尊小的地藏菩萨像。

"是地藏菩萨呀!"

"嗯。"

清霞极为自然地单膝跪地,双手合十,恭敬地拜了拜。美世也有模有样地照做。

"那个,这里也有关于地藏菩萨的传说吗?"从地藏菩萨处离开后,美世好奇地问道。

清霞摇了摇头。

"也许有,但大概跟这次的事件无关。"

"这样啊!"

"嗯。"清霞简短地应道,美世在他身后亦步亦趋。

"刚才那么做算是跟这儿打声招呼,毕竟咱们不是当地人。"

收获稻米的时节已经过去,现在村子正处于农闲期,放眼望去有几分寂寥。虽然路上可见三三两两的村民,但并未见到像

美世他们这样的外来访客。也许因为二人看起来与村子格格不入,其他人会向他们投来探究的视线。

"我去那边打探一下情报。"清霞指着一家卖杂货和土特产的店铺,"顺便去那里看看买点儿土特产吧!"

这是美世第一次出远门,也是她第一次为别人带土特产,她难掩兴奋,雀跃不已。

"你看起来很开心啊!"

"是,非常开心,非常快乐!"

"看来我应该多带你逛逛热闹的地方才对。"

如果能见识更多稀奇好玩的东西,美世应该会更开心吧?这样想着,清霞不禁有些沮丧。

看到清霞略带失落的样子,美世赶忙否认。

"没那回事,这儿就很好了。"

"抱歉,我这么没用。"

果然,清霞还在介意之前在别墅让美世留下伤心回忆之事。美世心想:会带着自己来此地,也许也是为了让自己转换心情吧。老爷真的很体贴。

"老爷,您怎么会没用呢!我……我们赶快行动吧!"

美世将心里话说出来后,突然害羞起来。她将发烫的脸颊转向一边,轻扯清霞的衣袖催促着。

"啊,好!"二人就这样不太自然地走进店里。

"欢迎光临!"

负责招待的是一名老妇人。她坐在店内深处的结账柜台后面,抬头瞥了一眼走进店里的两人后,又将视线转回了手边的算盘上。

店里琳琅满目,什么都有。除了食品、日常用品,还有小饰品和二手衣物。土特产的数量虽然不多,但已足够旅客挑选。空气中夹杂着灰尘的味道,但商店这略显老旧的木造结构却散发着怀旧的气息。

"唔,品种还真不是太多。"清霞用老妇人听不到的音量小声喃喃道。不同于帝都的商场,这里的商店确实有些土气。不仅店面不大,摆设也陈旧。虽然没见过什么世面,但美世好歹是在帝都长大的,所以她也是第一次逛这种小店,但她很喜欢。比起华丽时尚的商场,这种店铺反而让美世感到平静。

"这店逛起来让人很开心,老爷!"

"这样呀!"

"老爷,您之前逛过这种小店吗?"

"嗯,我们小队经常像这样四处出差。"

对异特务小队负责调查的对象,似乎都在流传着许多古老传说的穷乡僻壤或深山老林之中。

在店里到处闲逛的时候,美世发现了一些喜欢的商品。

在结账柜台附近的一个柜子上,陈列着许多小巧可爱的木雕动物摆件,比如乖巧蹲坐的小狗、蜷缩成球的猫咪、安静趴睡的小兔、振翅欲飞的鸟儿,等等。这些造型可爱的动物全都只有

巴掌那么大。

"好可爱呀!"美世目不转睛地看着这些木雕。

"你喜欢这个吗?"

听到清霞的声音,美世抬起头来,她发现不知何时老妇人已将视线转向了自己。

"是的,那个……这些摆件真挺可爱的。"

"这样啊,这是这一带常见的特产,可以算是村里的招牌了。"

"是纯手工雕刻的吗?"

"是的,用的是从山里砍回来的木头。村民冬天不干农活,闲下来就雕这玩意儿。"

这些做工精致的木雕摆件竟然全是手工完成的,真是让人难以置信。

"好厉害!"美世情不自禁地赞叹道。

"你想买吗?"

"可以吗?"美世询问着从后方探出头来的清霞。

"当然,你想买几个都可以。"清霞爽快地回应道。

"我我我……没想买太多……"

"哎呀,你不想买吗?"老妇人问道。

不知道是不是错觉,清霞露出一副期待的表情,好像在问"还有没有其他想买的东西",一旁的老妇人则是一脸失落的表情。在莫名的压力下,美世以略带讨好的动作,将放在柜子上的木雕动物摆件每种各拿了一个。付了钱后,美世将这些木雕动物放进了自己外出用的束口袋里。

"谢谢惠顾。"

"我还要买那个,请您算一下钱。"清霞指着店内角落里的一个大酒桶说道。正当美世好奇清霞要怎么把酒桶搬回去时,他听到老妇人说稍后会由村里的年轻人负责将酒桶搬到别墅区。

"二位是从帝都来的吗?"算钱时,老妇人搭话道。

"嗯。"

"坐拥那么大的别墅,有钱人在哪儿都是有钱人呢!不过,最近这里不太平,你们也多注意吧!"

不太平?美世和清霞不禁面面相觑。

"怎么个不太平法?"

听到清霞问及此事,老妇人露出一副"你关注的点还真奇怪"的表情,不过,这很有可能是与清霞工作相关的重要情报。

"具体情况我也不是很清楚。总之就是去砍柴的村民看到了怪物,或是发现有可疑的外来人口进出村边的一处破旧小屋之类。各种传闻都有。"老妇人耸耸肩,一脸奇怪地答道。

"……破旧小屋?"清霞抵着下巴"唔"地沉吟了一声。那些怪物长什么样?相关目击者发现的时间是何时?详细情况到底是什么样的?可疑的外地人又是谁?虽然清霞想向老妇人继续打听,但从对方的态度来看,恐怕她知道的也不多吧?要是失礼地追问恐怕会打草惊蛇,给对方留下不好的印象,绝非上策。

"谢谢您,我们会注意的。"说罢,清霞转身向店门口走去,正当美世打算追上清霞的脚步时,老妇人唤住了她。

"等等,把手伸出来!"

美世有些困惑,但还是老老实实地伸出手,老妇人将一个小巧的物件放在她掌心上。

"啊,真可爱!"

那是个乌龟造型的摆件,和美世方才选购的动物摆件相同,也是由木头雕刻而成。

"因为你们买了很多,这是送给你的。"

"可是……"

免费收下也太不好意思了。美世刚想出口拒绝,老妇人就笑着打断了她的话。

"你们俩应该是新婚夫妇吧?就当是我的小小祝福吧!乌龟很吉利的!"

新婚夫妇?在毫不知情的外人眼中,自己和清霞看起来像夫妻?想到这里,美世不禁害羞得手足无措,连头都不好意思抬起来了。

"那那个……为什么会知……"

"你们的互动任谁看了都会觉得甜蜜得腻人呀!你丈夫看起来是个不错的男人呢!对你好,相貌也出众,你可要好好把握喔!"

美世实在说不出他们还没有正式结婚的事实,只是害羞地以蚊子般的音量向老妇人道谢,然后便匆匆追赶那长发摇曳、宽厚可靠的背影去了。

一路上,美世的小脑袋里不停地冒出她和清霞之间的点点滴滴。想来,就算她和清霞正式结婚,两人的日常或许也不会发生太大变化吧。但订婚和正式结婚还是存在根本上的不同,这一点美世非常清楚。

如果正式结婚,我的心脏会不会爆炸呀?美世心跳得快极了,忍不住冒出了这种荒唐的念头。

"美世,跟老妇人说完话了?"

"嗯!"

好幸福!只是待在清霞身边,美世就觉得心里暖洋洋的,也很平静。原来,自己真的可以待在他身边呀!可另一方面,她的心跳总会加速,甚至会剧烈到让胸口发疼的程度。这是为什么呢?

毋庸置疑,美世打心底里仰慕着清霞,可她尚不知道如何去定义这份感情。

在村子大概逛了一圈后,清霞带着美世返回了别墅。商店老妇人所说的破旧小屋就是村边的废弃屋,清霞已确定了它的具体位置,打算明天单独前去调查。因为这次调查可能会有危险,他不想带美世同行。

"欢迎少爷、少夫人回来!"

出来迎接二人的是屉木的妻子——苗,她长着细长的丹凤

眼,身材苗条,看起来性格有些软弱。除了屉木夫妇,二人的儿子和儿媳也都是这里的用人。之前见到的年轻男子据说是屉木的孙子。似乎这个家里的用人大部分都是屉木家的成员,再加上一名厨师和一名寡妇,就全齐了。平时只有正清和芙由住在这栋别墅里,也许不需要太多用人吧!

"嗯。"清霞简短地回应。

"我们回来了。"

听到二人的回应,苗眯起细长的双眼露出微笑。

"二位辛苦了。"

"苗,吃晚饭的时候,那个人也会来吗?"

清霞口中的"那个人"想必就是芙由了。

看到清霞脸上极为厌恶的表情,苗似乎马上理解了他的所指,立刻收起了微笑,轻轻摇头道:"不,夫人表示她今晚不想离开自己的房间,那个……虽然难以启齿……"

"不说也没关系,反正也就是些粗俗不堪的话。她一定歇斯底里地表示自己不想跟美世共进晚餐吧!她还真是一点儿没变,还是令人作呕。"

"我先告辞了,等晚餐准备好了,我再来请二位前去用餐。"

"拜托你了!"

之后,清霞和美世回到了房间收拾行李,一直收拾到了用餐时间。

如苗所言,芙由并没出现在餐桌上,众人平静地度过了晚餐时间。期间，即使正清搭话，清霞也只随便应付几句，美世则是被问什么便答什么。整顿饭好像一直在靠正清开朗的性格支撑，才没有冷场。

用餐完毕，洗过澡后，美世不得不面对眼前的大难题：房间里只有一张床。

屋木领着二人来到这个房间时，美世对自己要和清霞同住一屋一事并没有反应过来。虽然房间里只有一张床，但抵达别墅后，接二连三地发生了太多事，导致美世当时也没有留意到这点。美世觉得，别墅应该不至于房间不足到需要他们二人挤一间房。一楼肯定有闲置的客房，二楼肯定也还空着一些房间。

可是，这宽大的双人床上，贴心地放着两个枕头……这是要我跟老爷同床共枕的意思吗？想到这儿，美世的指尖因为过于紧张而变得冰凉，连脸色也惨白起来。"怎么办……怎么办……"她不停地自言自语着。但这种毫无头绪的问题，最后定是无果而终，这个房间里没有沙发或长椅，所以她要么睡床上，要么打地铺。

只能问问他们能不能让自己用别的房间了！是了，自己同清霞还没有正式结婚，所以希望分房睡，只要这么说就好，这样便能解决此事了。美世这样打算着。她又回想起来，刚见面的时候，屋木便称呼自己为"少夫人"。实际上，自己和清霞预定在明年春天举行婚礼，大概大家已经默认二人是夫妻了。可她毕竟还只是未婚妻，两人没道理非要睡在一张床上。没什么好紧

张的,只要走到房间外,请用人再替自己准备一间房间就好。都这个时候了,还要增加他们的工作量,真是让人过意不去。可再这样下去,自己会很苦恼的。

这时,美世的思绪突然冲向了另一个方向:不,不是的,我并不是排斥和老爷睡一张床。我……我只是,只是还没有做好心理准备。哎呀,我在想什么呀!太丢人了!

在美世胡思乱想陷入一片混乱之际,房门"咔嚓"一声被打开了。

"你在干吗?脸红一阵白一阵的。"

"啊!老……老爷!"

仔细想来,会不敲门就直接进来的也只有清霞,但美世此刻吓得忍不住直往后退。因为方才脑中那令人心虚到极度羞耻的想象,美世坐立不安,害羞得几乎要昏死过去。

"我这么吓人?把你吓到'啊'地尖叫?"

听到清霞无奈地问话,美世更羞愧了。此时,清霞身上散发的不同于惯用的肥皂的淡淡香气让美世觉得迷醉。严格来说,这种眩晕感或许跟清霞的香气无关,更多的是她强烈的羞耻感和脑中的混乱所致。但现在不是想这些的时候。

"对……对不起!"

"唉,我不是在责备你。话说回来,你站在那里发什么呆呀!"

"呃……那个……是……"

因为发现房间里只有一张床,所以在伤透脑筋地想办法,可突然思绪朝向了奇怪的地方,最后竟然生出了恬不知耻的妄想……美世当然不可能将这些说出口。

"那个,是……床……"

看到美世支支吾吾、视线飘忽不定的样子,清霞朝关键词所指的床瞥了一眼,随即理解了一切。

"啊,估计是父亲指示的,所以屉木才会毫无顾忌地这么安排吧。反正床很大,就这样睡吧!"

美世震惊地站在原地,内心惊愕不已:就这样……就这样……是那样呀!

两人睡在同一张床上,这本身就不是正常状态。对美世来说,清霞最初只是个同居人,但现在,他已经是家人一样的存在了。但是,就算是家人,一起睡在一张床上也不正常。两人又不是小孩子,所以,两人是以夫妻的身份同床共寝吧!但美世完全没做好这方面的心理准备。

要跟老爷一起睡?真要如此?美世在心里问自己。做不到,绝对做不到!哪怕只是和清霞并排躺着,她也绝对会紧张到彻夜难眠。更何况,白天还发生了那种事。在没得到芙由的认同,也没为获得认同付出任何努力的情况下,就直接和清霞同床而眠,总让人觉得不太好。

"美世?"

"我……我还是请用人再帮我准备一间房间好了。"

美世丢下在脑中不断打架的混乱思绪,逃似的跑出了房间。

第三章　婆媳交锋

第二天早晨,美世吃完早餐后,苗跑来告诉她芙由在找她。

"婆婆找我?"

"是的,夫人请您马上去她的房间。"苗面带微笑,平淡地回道。

怎么办?美世脑海中最先浮现的便是困惑。吃过早餐后,清霞便立即动身去调查昨天听说的那间废弃小屋,他说要在村子里多打探些情报,所以会回来的比较晚。

这么说或许有些失礼,虽然美世自己说过想和芙由好好相处,可发生过昨天那些事后,要她单独去和芙由见面,实在是不知道这位婆婆又会说些什么或做些什么让她难堪之事。现在清霞不在家,如果随便和芙由见面恐怕会有危险,但找正清当靠山,感觉也不是很合适。

可是,美世转念一想,如果一味害怕而一直同婆婆保持距离,一切都不会改变。她得先采取行动才行。毕竟,这是芙由和自己两人间的问题。她不能总是依赖清霞,她必须去做自己要做的事。

美世握紧了双拳:我得拿出勇气来!一定能行的!

她在心里给自己加油,回复苗:"我马上过去!"

在苗的带领下,美世快步赶往位于二楼的芙由的房间。苗轻敲了几下房门后,屋内传来"请进"的回应声。

芙由的房间气派奢华到让人炫目的程度。里面的家具大概全是进口货,每个家具都镶着金边,雕着细致的花纹,造型华丽,看起来十分华美。长毛地毯踩上去软绵绵的,照明灯的位置都是精心设计的,灯具不但造型优雅,射出的光也十分明亮。天花板和墙壁是能让人感受到女性柔美的淡粉色,在灯光的照射下,墙上透出别出心裁的藤蔓图案。这简直像是出现在西式宫殿里的房间。对美世而言,这房间耀眼到让她无法放松。然而,芙由却优雅地坐在造型华丽的椅子上,举止宛如某个国家的王族般泰然自若。

"苗,去把那东西拿过来!"

"明白!"

芙由吩咐完后,不悦地瞥了美世一眼。待苗离开房间,她格外用力地合上手中的扇子。

"真是的,清霞真是个令人头疼的孩子,竟然把你这种人老珠黄、一脸穷酸相的姑娘带回家,还说是自己的未婚妻。"

美世无言以对。明年美世就满二十岁了,说人老珠黄是夸张了些,但到了这个年纪还没结婚确实少见。无论年龄还是出

身,美世都没有什么能辩驳的。

"而且,你不过是斋森家的女儿,跟那种家系结亲,对久堂家毫无帮助。更何况……"芙由看着美世继续说道,"听说你没有异能?"

美世吓了一跳,双肩开始剧烈颤抖。自己好像是有异能的。但关于这点,美世不确定是否应该据实相告。

看着美世不知该如何作答的困惑表情,芙由以为她是被自己戳中了痛处,不禁心情大好,美艳的脸蛋上浮现出扭曲的笑容。

"家庭背景不怎么样,也没有异能,长得还不漂亮,也没有能反驳人的聪明伶俐,你觉得自己配进久堂家吗?"

"这,那个……我没想高攀……"被芙由这么问,美世也只好这么回答。

"啊呀,明知自己在高攀,却还是恬不知耻地想跟清霞结婚?我不知道那孩子拎不拎得清,但他对你只是同情而已。他不过觉得你这样跟被父亲卖掉没什么两样,因为可怜你才这么照顾你。"

听到这里,美世甚至觉得芙由说的也不是完全没有道理。虽然清霞现在的心境不同了,但他刚见到美世时,美世刚开始在那个家里生活时,他的内心想必就是芙由所说的这样吧!

正当芙由想继续挖苦美世时,苗回到了房间。

"夫人,我把东西拿过来了。"

"交给这丫头吧!"

"是。"

苗递给美世的是一件深蓝色的素面和服。这和服虽然朴素却不失高雅,看起来跟苗等女佣们穿的制服相同。

"这是……"

"你马上换上吧!"美世还没问出为什么,芙由便嗤笑道,"你这种丫头,穿这种衣服就够了。"

"但是……"

美世现在穿的是清霞在铃岛屋给她订制的和服,是一流的高档货。但对美世来说,重要的是,这是清霞买给她的衣服。这跟高档与否无关。

婆婆现在对自己并不了解,所以不管自己说什么,她大概都不会听吧。得先让她了解自己才行。比起口头上说什么,用行动来证明自己的意志会更直接、更快速,也更可信。美世暗暗打算着。

"我明白了,我现在就去换。"

暂时先照着芙由说的做吧!美世希望通过自己的行动让芙由了解自己,让她感受到自己是多么真心地想成为清霞的妻子。一切就从这里开始吧!

我想让婆婆认同我。这是美世此刻的目标。在她看来,待在一起说不定就能发现建立良好关系的契机。

于是,在向芙由告辞后,美世便迅速返回自己的房间换

衣服。

在换衣服的同时，美世不禁感叹，虽然这是久堂家用人穿的衣服，但摸起来平滑又舒服。这和服所用的淡蓝色布料，想必本身价格并不便宜。这衣服穿在身上如此舒适，很难想象这是给用人穿的。斋森家的用人也穿专门的制服，但用的不是如此高级的布料，更不用说美世过去仅有的那几件衣服了。跟这件深蓝色和服相比，那些简直是破布，根本称不上衣服。

不愧是久堂家，他们在用人身上都愿意花钱。一流的名门世家，从细节处便与众不同，美世不禁由衷地敬畏起来。

看到儿子所谓的未婚妻换上用人制服回到眼前，芙由似乎相当满意。

"啊呀，这衣服和你正相配！"

"谢谢。"美世谦卑地垂下头。

这样的光景，让她回想起自己还在娘家的日子。那时，美世每天都像这样被挖苦数落。这样的场景本应苦涩到让人想要落泪才对，可她并没有觉得很难过，甚至生出几分怀念，除此之外，她并没有其他情绪。

可能跟清霞相遇后，美世原本冰封的心被融化了。所以即使像这样被芙由羞辱，她的内心也依然温暖。

"不过，你还挺像那么回事呢！既然这么有用人的气质，就这样去打扫好了。"

"好。"

"苗,带着这姑娘一起干活去吧!"接到芙由的指示,苗困惑地皱起眉头。

"夫人,这样真的可以吗?"

"怎么了?苗,你对我的命令有异议?"

"没有,夫人言重了。我只是担心少爷会……"

要是清霞听说了这事,肯定又会怒不可遏吧!不过,美世并没想向清霞求救。为了让芙由接纳自己必须这么做,对清霞这么解释,他肯定也能理解。

美世下定决心后主动开口:"我可以干活儿的!让我做吧!"

"你看,她本人都这么说了,就不用客气了。苗,随意使唤她就好。"说着,芙由"啪"的一声打开了扇子,掩面而笑。她的一举一动都优雅得体,完美得找不出半点儿破绽。这些刻意做给人看的动作,美世就算想学都学不来。芙由仿佛用这些画了一道明确的界线,用它警示美世,二人绝不可能相互理解。

"我会努力的,请您多指教。"

"苗。"

"是,那么,请您擦窗户吧。"看着踌躇不已的苗犹豫地安排,美世朝她点点头。

"擦窗户是吧,我明白了!"

还好不是什么自己做不来的事。美世原本还担心,要是被安排了自己不会做的事该怎么办。但仔细想想,用人的活本就没什么困难到做不了的事,自己只要像在娘家时那么做就好。

美世用水桶打了水,将抹布浸湿。因为被要求先从芙由的房间擦起,美世向苗询问了打扫用具放置的地方后,便立即开始工作。

她踩上脚踏台,充分拧干抹布后开始擦拭巨大的玻璃窗。窗户用湿抹布擦拭后会留下水痕,所以在擦拭了一部分面积后,要改用干抹布将水痕抹去。

芙由一直紧皱眉头,不悦地观察着美世的一举一动,还不时开口挑刺。

"那边不是还留着些水雾吗?啊呀,真烦人!你连这点儿杂事都做不好吗……"芙由不停地抱怨着。

美世听到她这么说时,总是低着头说"非常抱歉",然后更卖力地重新擦拭,直到把玻璃擦亮。

这情景周而复始。

这面玻璃窗很是壮观,比斋森家或清霞现在住的宅邸的窗户都要大,所以清洁起来也十分费力。除了玻璃,美世连窗柜和滑轨都擦得一尘不染。

"那个,苗太太,这样可以吗?"美世开口呼唤苗,让她来检查自己打扫得合不合格。

"哎呀!"这名久堂家的资深女佣瞪圆了双眼发出一声惊呼,接着在检查过所有细节后点了点头。

"太完美了,这活干得真漂亮!夫人,这样就可以了吧!"

"嗯,让她继续做下一项工作吧!不需要给她休息的时间!"

看来,擦玻璃的工作算是合格了。芙由意外地没有再说什么难听的话,美世暗自抚了抚胸口,松了口气。其后,直到吃午饭的时间,美世完全没有休息,一直埋头苦干不断安排下来的工作。

擦拭走廊的玻璃窗,扫除地毯上的灰尘,打扫洗手间和浴室,等等。芙由偶尔会来视察她打扫的质量,每次总会抛出几句严厉的批评。美世总是直接道歉,然后更加卖力地打扫。期间,家里的女佣们(苗、苗的儿媳三津及寡妇夏代)都轮流过来帮她的忙。

这里果然跟娘家不同,美世心想,婆婆虽然会挑刺,但不会动手打人。这里没有否定美世存在价值的肮脏字眼,也没有动不动就飞过来的巴掌。想当初跟继母与妹妹香耶在一起时,这些都是家常便饭。就连斋森家的用人们也都对美世避之不及,经常视她为空气。

美世并没有责怪过那些用人,毕竟他们也要讨生活,要是惹女主人不开心,他们极有可能会丢掉饭碗。而且,斋森家的气氛总是紧绷绷的,就连用人之间也称不上其乐融融。相较之下,这里的氛围跟斋森家截然不同。

也许,芙由只是不愿意和美世接触,但并不会对她拳脚相向。女佣们也都会亲切地同美世攀谈,尽管她们表现得很委婉,但都在帮助美世。苗甚至还会从旁劝阻芙由,让其不要为难美世。

这在斋森家是绝不可能的。

"老实说,我之前真是低估了少夫人做家务的能力呢!"跟美世一起擦浴室的瓷砖时,夏代开口称赞美世道,"我原以为出身名门的千金大小姐,根本不知道打扫为何物呢!低估了您的能干,还请您包涵。"

"包……包涵什么的……"

美世并没有做什么特别了不起的事。虽然斋森家家道中落,但她也是名门世家的千金,就算别人觉得她不会做家务也是合情合理的。叶月也经常说,就算在女校将做基本家务的技巧都学习一遍,也不可能像用人们做得那么完美。

"不对,啊呀,这样当着您的面直接说,真是失礼。请原谅我的心直口快吧!"

的确,夏代似乎过于耿直了些。但这也从侧面表明她是个正直的老实人。她完全没必要这么毕恭毕敬地再三向美世道歉。因为她的赔罪,美世反而过意不去,只好默默地继续打扫。经过两人的努力,原本就不太脏的浴室,现在锃光瓦亮,看起来既干净又漂亮。

"已经这么晚了!"

转眼间,已经到正午了。美世头脑中当即闪过"得去厨房帮忙准备饭菜"的念头,但她马上想起这个家里还有位厨师。

"少夫人,接下来您要干什么?是不是先去请示夫人……"

夏代话音未落,苗出现了。

"少夫人,夫人叫您过去!"

"好,好的!"

美世的身体不由得紧绷起来,她暗自做好了承受芙由指责的准备,大步朝她的房间走去。

安排苗去传唤美世后,芙由按捺不住内心的不甘。她难以相信现在发生的情况,也搞不懂自己的儿子是怎么回事,竟然带这种姑娘回来。

一直以来,清霞是她引以为傲的儿子,不仅样貌清丽,学业和能力也无可挑剔。无论是作为名门望族的当主或是一名异能者,他都出类拔萃、成绩斐然。成长为这般优秀的男子汉的儿子,是芙由的骄傲。所以,芙由也一直盼着他能迎娶一位完美的淑女为妻。因此,清霞还在念书的时候,芙由便不停地替他寻觅理想的妻子人选,并将那些女孩送到清霞身边。芙由选的孩子,个个都样貌出众,家世和教养也都没得挑。她总觉得,清霞就算不好相处,也必定能从其中选出中意的对象。她一直都这么单纯地想着。

然而,现实击碎了她的想象。芙由选出的女孩们无一不向她痛诉清霞过于冷酷无情。她们或是怒不可遏地拒绝同清霞的婚事,或是被清霞讨厌而强行终止双方的婚约。类似的情况重

复上演。

他到底哪里看不上自己千挑万选的孩子？因为自己无法如愿，芙由时常感到心烦意乱。不过，或许是自己骄傲的儿子对将来的妻子报以较高的期待。想到这种可能，她倒也不会那么生气了。于是，芙由更加努力地替清霞寻找完美的淑女。然而，时间一年年过去，清霞却愈发排斥婚姻。

老爷也真是的！竟然让那种外强中干、徒有虚名的假名门之女同自己的宝贝儿子结婚，怕不是脑袋不正常了！她不禁埋怨起正清来。

初次听到斋森美世这个名字时，芙由也十分疑惑。毕竟，她完全没注意过斋森这个家族。经过调查，她发现那根本是个不入流的假名门！光是浪费精力去了解这个微不足道的异能家族便已让芙由不快了，因此她点到为止地了解了下大概情况便不再关注。她觉得这么做已经足够了。既没什么家产，也没什么权势，现任当主又是个没什么头脑的家伙，就算不进一步调查也能知道他家女儿是个什么货色！这丫头八成是从穷困潦倒的娘家逃到久堂家的！然后，她仗着清霞善良、怜爱她，便开始得意忘形。在芙由看来，美世只是在利用她宝贝儿子的温柔善良，企图通过博取同情来占久堂家的便宜。真是个恬不知耻的丫头！

芙由无法忍受自己的宝贝儿子被这种女郎蜘蛛①吞噬掉。她得想办法让这丫头明白自己的处境。所以,为了击溃她的自尊心,芙由让她去做用人做的杂事。结果呢,这丫头非但没有半句怨言,还利索地换上了用人的衣服,若无其事地开始打扫。

莫非,她已经习惯了做这种事?不对,那边还有百合江在,她应该不会去做用人的工作呀?斋森家至少还是请得起用人的,所以他家女儿理应肩不能扛、手不能提才对。不过,这些穷人为了满足虚荣心,不得不竭尽全力地撑起奢靡的生活,也是值得同情。

芙由完全没有发现自己彻头彻尾地误解了美世,只是对她愈发不满。

"我进来了!"

她恶狠狠地瞪着静静走入房中的美世。那随意扎在脑后的朴素黑发、瘦弱的身板、阴郁的表情,一看就是刻意装出来的柔弱模样。在这楚楚可怜的表象背后,她必然偷笑到合不拢嘴吧!

"打扫完了?"

"是的。"

"跪着打扫的样子很适合你呢!看起来惨不忍睹呀!"

---

① "女郎蜘蛛",也叫新妇罗。在鸟山石燕的《画图百鬼夜行》中有记载,这是蜘蛛变为人形的妖怪,会诱惑男子,当男子被诱惑后,会将男子的首级取走食用。

美世不知道该说些什么。

"你倒是说点儿什么呀!还是动动你那愚笨的脑袋吧!"

这般践踏过她的自尊后,她定会露出本性,芙由如此期待着。但美世只是低着头,紧闭着双唇。

"那个……"

美世终于开了口。

看到她那无处安放且小心翼翼的目光在空中游移起来,芙由满心期待着她的下文。

"婆婆,那个,我好感动呀!"

"哈?"

"我都不知道,久堂家连用人都能穿这么好的衣服!"

她到底在说什么?芙由不解地皱起眉头。

"这不是理所当然的吗?我们可不能让待在家里的用人穿得不体面。要是他们达不到最低限度的体面,别人会质疑久堂家的品位的!"

就算是用人,只要被久堂家聘用,为久堂家效力,就是这个家的一分子。堂堂久堂家,岂能让自家人看起来寒酸?这丫头竟连这么浅薄的道理都不懂。这么一想,芙由更觉得心烦意乱。

"你连这么简单的道理都不懂,还妄想嫁入久堂家……"

"非常抱歉!"

听到美世竟以格外开朗的语气向自己赔罪,芙由瞬间"唔"

地闭了嘴。

这么说或许有些奇怪,不知道是不是芙由的错觉,她总觉得每次她开口挖苦美世时,美世的眼睛都会变得闪闪发亮。这到底是怎么一回事?她明明想打击美世,却总好像一拳打在了棉花上。

"你真的明白我在说什么吗?"

"是……是的!"

美世以天真无邪的眼神直直地望向芙由,点头称是。

看着美世清澈的眸子,芙由突然觉得错的好像是自己。自己可没有错!芙由马上将这一荒唐的念头打消了。虽然儿子不听话,也老惹自己生气,但身为人母,自己一定会守护清霞。因此,她绝不会同意让这丫头嫁进来,就算这是清霞所希望的,是老爷安排的,也不行!毕竟,男人就是容易受这种女人的蒙骗。婚事就应该在正确妥当地安排下进行,只有这样才是正确的。出生在名门世家的人,必须肩负这样的责任。

"我是说,你配不上清霞!既然你明白,就快点儿从久堂家消失吧!"

坐在椅子上的芙由不由得激动起来。她前倾着身子,提高音量吼了起来。

"这个……"

"做不到?我想也是,只要像现在这样被清霞护着,你就能一直过着吃穿不愁的好日子!真是不要脸!"

"不……不是的……"

"啊呀,还不是的?那娶一个你这样的丫头,除了吃亏,我们还能得到什么?你倒是说说看!"

听到芙由打从根里瞧不上自己,美世垂下了头。

她终于知道装可怜的伎俩在自己这里行不通了吧!真是痛快!正当芙由沉浸在胜利的喜悦中时,美世竟再次抬起头来。芙由心中顿时满是不快。

"我……如婆婆所言,我确实不能给久堂家创造价值。"

美世斟酌着用词,但语气中却不见半分动摇。她的执着和顽强让芙由更加不悦。芙由内心烦躁到了极点,似乎马上就要爆发。

"所以?"

"我……我不知道我有什么价值,可……可老爷说他需要我!所以……所以我不能放弃……"

"所以,你觉得你这种天真的说法有用?"

"啪哧啪哧——"芙由暴躁地折腾着手中的扇子,开开合合地摆弄个不停。尽管她打一开始就想到了,但当事实真如她所想时,她却更心烦了。这姑娘无法带来芙由所希望的名门千金所具有的好处,而且对这个家也没有任何加持。

真是毫无意义的一段时间,毫无意义的一问一答。眼前的这个姑娘真是个恬不知耻又卑微渺小的存在。但芙由更无法原谅的是心烦意乱的自己。

"……如果老爷允许的话……"

美世吐出这句话的瞬间,芙由回想起儿子昨天说的话。

"你再说一次试试!久堂芙由。"

"母亲?开什么玩笑!我从没把你当作我的母亲!"

"此后,你若再说美世什么,我便杀了你!"

芙由顿时气血翻涌,只觉得全身的血液直冲脑门。他们都在鄙视她,根本没把她当回事!清霞也是,美世也是!芙由只是上任当主的妻子,现在已经没有任何权力了。这两人根本没把她放在眼里,所以才会这么嚣张,一直忤逆她。

盛怒之下,芙由脑中一片空白。

"少拿人当傻子耍!"

美世对眼前之事早有觉悟,听到芙由尖叫的瞬间,她便做好了挨打的准备。

不过,芙由高高举起的那只手并没有落在她脸上。

"到此为止吧!"

"公公……"

制止芙由施暴的是正清。

"咳咳……"

不停咳嗽的正清有些喘,大概是匆忙赶来的。

"对不起,美世小姐……芙由,你这次的所作所为我确实不能视而不见。"

看着妻子面红耳赤地怒视着美世,正清只能冷静地劝她。

可现在芙由眼中仅剩下对美世的怒火。

"把我当傻子,瞧不起我,耍我开心!你有什么权力这么做!"

"芙由!"

"快滚吧!你这个不懂礼数的家伙!"

"芙由!"

正清吼了一声,声音之大,让人很难和平常的正清联系在一起。不过多亏了这怒吼,芙由总算把话听进去了。美世怯怯地偷偷瞄向正清,只见其一脸严肃,眼神冷漠无比,想想他之前吊儿郎当的样子,真难想象和现在是同一个人。

"到此为止吧!"

"老……爷……"

"你也该懂事了!你没有权力对美世做任何事!一旦越过了最后的界线,我也保不了你!"

虽然正清的语气同往常一样温柔,但其中不容辩驳的冷漠让芙由畏惧地僵在了原地。

屋内瞬间被沉默包围,时间也仿佛跟着静止了。

最后是正清打破了这令人窒息的沉闷空气。

"呼……美世小姐,真是对不起,似乎给你添了很多麻烦呢!"

"没……没有。"

虽然被斥责的不是自己,但美世还是因为正清散发的压迫感紧张到说不出完整的话来。

"是我没有做好,非常抱歉。"美世小声说道。

"不是的,美世小姐已经做得够好了,是我没有注意到这些。这下清霞又要生气了……"

正清虽然在笑,可其眼底并无一丝笑意。

美世突然觉得背后窜起一股凉意。此刻,她真正体会到了正清的气场。虽然已经隐退,但正清不愧是久堂家过去的当主,威严丝毫不减当年。

"我……什么错都没有……"

芙由以微弱的声音喃喃道,但她握着扇子的手已用力到发白。

"芙由,我喜欢你直爽地展现自己的好恶,这是你的优点。但是,被自己的好恶所左右,什么都不考虑就莽撞行动,这是野兽行为,不配为人!"

此话一出,在场的人都为之一颤。芙由吓得不敢喘气,美世也吓得微微发抖。

这就是公公作为前任当主的威严吗?无论是在帝都的主宅和大家聊天时,还是回到这栋别墅后,正清言谈之间皆是对芙由的爱恋。可面对深爱之人,一般人都只会委婉地表达其行为不妥,不会直接骂道"不配为人"。莫非,在这一瞬间,正清对芙由的爱意消失了?

美世突然感到害怕。正清对着深爱之人,也能轻易说出将

人打入谷底的冷言冷语,清霞会不会也有这样的一面,只是自己不知道呢?

不过,即便如此,她也不会轻易受伤,更不打算就此离开清霞。美世突然极度想念清霞的体温,她握住自己冰冷的指尖,试图温暖它。

早上吃完早饭后便立刻前往村落调查的清霞,此刻内心感到烦闷不安。显然,这与昨天夜里的那件事有关。老实说,他根本没想过美世的反应会那么剧烈。回想起美世像小兔子般飞奔出去的身影,他便不住叹惜。

说起来,他也觉得自己有点儿不对劲。清霞意识到自己昨天可能说了什么蠢话,但他那时并没想太多,直到开口后才意识到自己究竟说了什么,所以他更觉得糟糕。那时怎么能若无其事地说出那种话呢!他到现在都无法相信自己竟会说出那种不过脑子的话。

"嘎吱嘎吱……"

踩在地上的脚步声都在彰显着清霞内心的慌乱。不通晓人情世故是美世的优点之一,也是缺点,加之她本就胆小,也许不会就那么逃走。清霞曾这么想象过。

但是,这又如何?欺骗单纯的女孩然后为所欲为?他可不会堕落成那么下作的人。可要问他为什么会若无其事地提出要跟美世同床共枕,清霞自己也无法回答。他一边闷闷不乐一边朝前走,没一会儿就到了村里。

转移一下注意力吧!清霞做了个深呼吸,将思绪转入工作中。村民提供的目击证词他已在报告书中一一确认过了,最初的证词出现在一个月前,说是在村子周围发现了可疑的人影。其后,陆陆续续地传出了其他证词,相关传闻也在村里流传开来。可如果只是这样,不会出动对异特务小队。然而几日后,恶鬼出现了。

准确地说,是头戴尖角、有着人形的某种"东西"出现了。如果这种证词只出现过一次,还有可能解释为证人看错了,可在那之后,有人看到可疑人影或恶鬼的报告持续增加。

这里之前没有跟恶鬼相关的传说,也就是说,这恐怕不是常规的异形以恶鬼的模样现身的案例。而且,在没有源头的地方几乎不可能没由来地诞生出新的异形。这么推断,这一连串的目击证词可能都只是目击者的误判,又或者有某种特殊的原因。

先从位于村边的废弃小屋查起吧!不论恶鬼是否真的存在,根据报告书的内容及昨天商店老妇人提供的证词,可以确定这阵子确实有可疑的团伙潜藏在村边的这个废弃小屋里。如果事态失控,即使和异形无关,他也会使用军人的权限将可疑分子抓获。

虽然昨天他大致确认了废弃小屋所在的位置,但身为外地

人,他还是记不住该怎么走过去,恐怕还是要找个村民带路。

"没想到您竟然是军人呀!"

他又去了昨天去过的那家商店,打算请店里的老妇人为自己引荐知晓详情的村民,清霞没有提及自己本就是为了调查此事而来,只是表明了自己的军人身份,并表示说不定自己能帮上忙,希望老妇人能协助他。

"抱歉,吓到您了吧?"

"没关系啦!你愿意帮着调查那些奇怪的传闻真是太好了!"老妇人爽朗地笑道,随后带清霞去见了一名男子。

"他是村里的年轻人,我不清楚具体的情况,但最先看到怪物的好像就是他!"

"我听说那是疑似恶鬼的人影?"

"啊呀,你很清楚嘛!这么说来,确实有过这样的说法。"

两人一边聊着天一边穿梭在满是木造小屋的村里。虽然路上也能遇到几个村民,但他们都对清霞充满戒备。

其实,这也是理所当然。这种偏僻的村子本来就很封闭,也很排外,对外来人有抵触情绪也是正常的。常常要做现场调查的对异特务小队的清霞可是深受其害。不过也正因为经历过类似的情况,他现在已经习惯了,也掌握了应对的诀窍。况且,有了那些传闻,这里的村民也多少会变得神经质。要不是老妇人肯帮忙,在村民的警戒下,清霞恐怕无法顺利地完成任务。

"即便如此……"在清霞陷入沉思时,老妇人坏笑着转换了话题,"昨天那个可爱的孩子呢?今天怎么没一起来?"

"啊,我不想让她卷入奇怪的事件中。"

这是正儿八经的工作,他不想让美世深陷险境。

清霞坦率而直接的回答不知为何让老妇人大笑起来。

"哈哈哈,你真是个好男人啊!好羡慕那个姑娘呀!"

"您过奖了……"

"别谦虚嘛!要是我再年轻些,可是不会放过你的!"

"我也没你想得那么好……"

清霞认为美世是个好姑娘,但是从她来到自己身边,自己却总让她伤心难过。尽管他也想对她温柔些,可总是事与愿违。清霞觉得这样的自己真是没出息极了。可即便如此,他也不会放手,他不想放弃她。清霞心情复杂地逃开了老妇人八卦的视线。

"到了,就是这里了!"

这户人家没有装门铃,老妇人直接"咚咚咚"地用力敲起门来。

"谁啊?"屋里传来人声。

"是我!"老妇人答话后,总算有人出来了。

"早上好!啊,一阵子不见,你瘦了呀!"

诚如老妇人所言,从屋里探出头来的男子枯瘦又憔悴,他两颊内陷,眼下也挂着明显的黑眼圈,满脸胡茬,一头乱发,眼神空洞,这明显不是正常状态。

男子对清霞没有半点儿兴趣,只是以低沉又虚弱的声音说:"请回去吧!"

"我们来是有事找你。"

"够了,请回去吧!恶鬼就盘旋在我的脑子里!"

"为什么这样大吼大叫呀!"

"吵死了!那声音……那声音一直回荡在我耳边,要是打开大门,恶鬼可能会闯进来的!"

说罢,或许是回想起了那时的光景,男子害怕得哆嗦个不停,嘴里还念念有词。虽然听不太清楚,但他好像一直在念叨着:"要被吃掉了……要被恶鬼吃掉了……"

看来,这名男子确实见到了鬼,或者见到了让他坚信自己看到了鬼的"东西"。

清霞说了句"失礼了"便从老妇人身旁迈上前来,靠近男子。

"你不用再担惊受怕了,先冷静下来!"

说罢,他轻轻地按住男子的双肩。这时,男子的注意力终于转向了清霞。

"你,你是?"

"我是军人久堂,奉命前来调查此事。"

"你是……军人?"

"是的!"

清霞点头的瞬间,男子不知从哪儿来的力气,一把抓住了清霞。

"帮帮我,帮帮我,军人大人!"

男子的说法同清霞之前在报告书里看到的差不多,就是可疑的人影的传说、村边的废弃小屋有多个可疑的人潜伏其中以及自己目击到了恶鬼。据男子形容,恶鬼看上去似高大的人类,但额上生有两根犄角,跟恶鬼对视时,他会发出令人毛骨悚然的磨牙般的声音恫吓你。不过,因为恶鬼同那些可疑的人影一样将自己掩在黑色的披风之中,所以男子也无法提供更多的情报。

"我那时吓得失去了意识,醒来后发现自己就躺在村子入口。"

"是谁把晕过去的你移到那里的呢?"

听到清霞这么问,男子只是摇了摇头。

"我不知道。不过,请相信我,那个恶鬼绝对是想吃了我,当时它确实要袭击我。"

男子双手环抱着自己,身体颤抖个不停,牙齿在碰撞间发出"咯咯"的声音。从他失焦的双眼来看,他似乎再次陷入了恐慌状态。

可以的话,清霞希望男子能带他到案发现场说明状况,可现在看来,让他带路似乎有些强人所难。

清霞安抚过瑟瑟发抖的男子后,打算自己独自前往那间废弃小屋,他向老妇人打探了废弃小屋的详细位置,老妇人热心地将他送到了村边。

"送你到这里就可以了吗?"

"嗯,对不起,给您添麻烦了。不过,谢谢您,之后可能会有危险,所以送到这里就好。"

跟老妇人道别后,清霞走出了村子,朝与久堂家别墅相反的方向走去。在这一带,村子与山林的边界十分模糊,走出村子不远,便是通往深山的斜坡。从这个斜坡往上爬一段距离,再朝另一侧往下走便能看到那间废弃的小屋。

清霞一路未歇,健步如飞地沿着斜坡往上走。他按照老妇人所说,在斜坡中途从另一侧下山,果然听到了潺潺的流水声。

老妇人说过那个小屋就建在河边,这水声就来自那条河吧?推测出大体方位后,清霞毫不犹豫地向水声传来的方向走去。不一会儿,他便从林木的间隙看到了小河。顺着河向上探去,他看见那里有一间仿佛随时会塌的破烂小屋。

这间小屋虽然看起来老旧不堪,但大小可以容纳几个成年人。就是这间屋子吧?清霞一边警戒着周遭的动静,一边靠近小屋。不过,到目前为止,他还没感觉到任何异样,这附近似乎没有人。

难道人全都出去了?那他们会去哪里呢?清霞在心里思索着。就算是普通的罪犯,躲在这种地方也没有什么优势可言。清霞觉得很奇怪,即使这些人躲在这里,他们已被村民发现,清霞也因此被派了过来,若是因犯下某些罪行而逃亡至此,选择这种地方潜伏只会更引人注意,这等于是在告诉人们"我就在这里,快来找我"。难道说,他们有不得不藏身此处的理由?即便如此,这也太奇怪了!此外,若是刚才那男子所言非虚,就等于说有人类在同异形一起行动。

人和鬼、妖、灵等异形和平共存的例子倒也不少。根据具体情况,双方有时会通过缔结契约建立合作关系。清霞等异能者也会驱使异形为自己效力,这不是什么稀奇事。但这次的案件,他总觉得哪里不对劲,整个案件就像笼罩在一团迷雾中。

清霞暂时将重重谜团抛之脑后,轻手轻脚地来到距离小屋一臂之遥的地方。

房里似乎真的空无一人,没有半点儿声响,也感受不到有人存在的迹象。清霞试着从小屋外墙腐朽的木板间隙向屋里窥探,虽然很难看清屋里的全貌,但里面看起来凌乱不堪。屋里除了有用来取暖的毯子,还能发现地上散落的食物残渣,明显有人在这里暂住。

清霞小心翼翼地走向了门口,如果对方是术师,小屋外围或许早已设下了结界。清霞提高了警惕,但他没有发现周遭有任何机关或陷阱。踏进小屋后,他也没有发现半点儿线索。除了这里有人暂住,他掌握不到其他任何有力的证据,就连藏身于此的是人还是术师都无从得知。倘若对方是术师,就能合理解释为何会有恶鬼出没了。正当清霞转身准备离开时,他发现了一个东西。

这是一件黑色的披风。

清霞将它从地上拾起,仔细观察起来。乍看之下,这披风没有任何明显的特征,但如若细看便会发现其内侧有刺绣设计,是用色泽鲜亮的金色丝线绣制成的,似乎是某种图腾。

清霞一愣:我好像在哪里见过这个图腾……

这个图腾是一个倒置的残碟形日式传统酒杯,酒杯周围包裹着被红色火焰吞噬的神树。光是这带有渎神意味的图腾便会让人生出一股难以言喻的不安与不适感。倒置的酒杯自不必说,将誉为神树的榊置于火海更是大逆不道。但对这令人震撼的大逆不道的图腾,清霞似已心里有数。

现在,在不为人知之处隐藏着一个危害社会的神秘地下组织,政府将其定义为造反者,称为"无名教团",目前正在暗中积极逮捕该组织成员。

对这个新兴的组织,一般民众几乎一无所知,但对政府和军方来说,这是一个相当棘手的团伙。无论是其组织规模、组织真实名称,还是相关内情,均无人知晓。直到最近,政府方面发现了这个图腾并对此怒不可遏。

难道这里就是那个组织的总部?不,这个推断未免太过牵强了。毕竟,这里过于引人注目,而且能在这种破烂小屋聚集的话,其规模也不会太大。

此地不宜久留。思考过后,清霞决定将披风放回原处,然后悄悄离开。

虽然这个图腾是重要线索,但如果被对方察觉有人入侵过小屋,恐怕会惹祸上身,还有可能使可疑分子怀疑起村里的村民,甚至对其痛下毒手。为了避免这种事,此时万万不可打草惊蛇。

清霞若无其事地回到了村里并前往商店报平安。回到店里,除了老妇人,先前声称自己看到了恶鬼的年轻人也在店里。

"噢,是你啊!怎样,有发现吗?"

"那个废弃小屋里空无一人,并未发现人或恶鬼。"

"真的吗?"男子害怕地问,其情绪似乎已经平静下来,没了先前方寸大乱的失态,但脸色看起来还是不太好。

"嗯,但似乎有人住在那里,还是小心为妙。"

"你不是军人吗?不能把那些家伙抓起来吗?"

"现场空无一人,我怎么抓呢?我会再去调查的,要是有什么动静,麻烦你告诉我。"

"那……那是当然了!"看到男子点头答应,清霞也朝他点点头。

站在一旁看他们交谈的老妇人笑道:"你也不要因为是军人就逞强呀,别让那个可爱的姑娘为你担心!"

"嗯,我知道。"

被她这么一说,清霞突然担心起独自留在别墅里的美世来。不过,至少父亲是站在美世这边的,所以应该不会发生什么太过分的事。但那宅邸的女主人毕竟是自己的母亲,就算事先警告过她,也难保她不会对美世做些什么。

想到自己竟然也有无法专心工作的时候,清霞觉得自己未免有点儿没出息,不禁有些自我厌恶,他伸出手揉了揉眉心。如果同部下一起前来,自己还能喘口气,可现在任务由他一人全权负责,无论如何都不能掉以轻心。

在向提供帮助的老妇人表达谢意后,清霞朝别墅走去。

距早上出门不知不觉已过了许久,现已到了中午。直到方才还很晴朗的天空也开始出现了变化,浅灰色的乌云慢慢遮住了天空。虽说山间天气本就变幻无常,但此刻仿佛连温度都降了许多。

清霞沿着早上来时的路,穿梭于田野之间。

在他即将踏上森林里那唯一一条通往别墅的小径时,他突然觉得有些异样,似乎有人在附近徘徊,十分可疑。会是别墅里的人吗?不对,父亲说过这阵子别墅附近有可疑人物出没。既然那间废弃小屋里不见人影,说不定其中的犯罪团伙正因某种理由在此闲逛。

想到此,他更加警惕起来。可疑的气息变得越来越强,不过,会让他如此明显地察觉到自身的气息,对方恐怕是个外行人吧!

虽然如此推测,但清霞并未掉以轻心,他缓缓移动着自己的视线,然后在视野一角发现了一个可疑的人影。

于是,清霞在尽可能不发出声音的情况下,快步追向那个人影,可地上布满落叶,他不可能悄无声息地靠近。

"嘎吱嘎吱……"

脚下不时发出落叶被踩碎的声音,恐怕自己要被对方发现了。既然如此,就不必再放轻脚步了。清霞瞬间做出了判断,一口气冲上前去拉近了距离。他动作矫健而迅速,对方也无计可施,只能任凭自己暴露在清霞面前。

这可疑人物头上罩着黑色的头巾,清霞无法看清他的长相。但从这人一身黑色的披风来看,他应该就是之前出现在废弃小屋的人或其同伙。

正如清霞所料,这人跑得并不快。清霞平日勤于锻炼,运动神经也很好,一下就追上了对方。

"咕!"

"到此为止,你逃不掉了!"

清霞一把将对方的手腕扭至背后并牢牢抓住。掌心传来的触感偏硬,手指勾勒出的骨架形状也很粗壮,看来对方是个男性。清霞控制着不断低沉嘶吼的披风男,迫使其跪在地上。男子的头巾在挣扎的过程中滑落下来。

"可恶!"

男子看起来十分年轻,愤恨地咬着牙。清霞对此人的面容毫无印象,除了一脸的茫然,男子面部并无其他明显的特征。此时,男子的双眼闪过一道暗淡的光芒。

"什么?"

周围突然产生了令人毛骨悚然的异样感。情况不太对劲!

在清霞更用力地压制住男子的瞬间,男子突然全身发起高热。清霞吃了一惊,迅速向后退开,男子也迟缓地行动起来。

不同于方才,此刻,他的脸上毫无表情,整个人看起来宛如人偶般空洞,生气全无。

"这是……怎么回事!"

男子面无表情地高举起右手,下一瞬,遍地的落叶忽地升腾至半空中。

"异能……吗?"

面对这极不寻常但自己又司空见惯的场面,清霞不禁眉头紧锁。

"去死!"男子断断续续地低喃着,将高举的右手用力朝下挥去,只见原本聚集在空中的无数枯叶瞬间以光速朝清霞袭来。

清霞嗤之以鼻,轻哼一声。他还真是被对方看扁了,竟以为用这种耍小孩的把戏就能杀掉自己。

"没用的!"

以超高速扫射过来的叶片尖端还未触碰到清霞,便失去力量跌落至地面。尽管如此,男子依旧面不改色,只是不断重复相同的动作,持续发动攻击。可他不管发动多少次攻击,都伤不到清霞分毫。

再这样下去会没完没了的。清霞这么想着,再次逼近男子。他一把揪住对方的手腕,用力将其拽倒压制在地。虽然不知道有没有用,清霞还是从怀中掏出符咒,口中念念有词,将其贴至男子背部。这是能够抑制异能的符咒,但清霞不确定对其是否有效,因为他觉得这名男子恐怕不是异能者。

被贴上符咒后,男子瞬间全身痉挛,接着无力地倒在了地上。

奏效了吗?所以,那真的是异能!清霞暗暗思忖。可是,男子变得面无表情后,散发的气场跟之前简直判若两人。要是他本身是异能者,在被自己压制之前,就该试图发动异能反抗才是。清霞此前从未遇到过这种现象,非要说的话,方才男子发动异能的样子更像是人类被外物附身所致。但若是那样,封印异能的符咒应该无法奏效才是。

"到底是怎么回事?"

清霞难掩困惑,眉头紧锁地俯视着失去意识、瘫倒在地的男子。

第四章　思绪萦绕脑海

邻近傍晚时,得知清霞回来了的美世急忙迎至玄关。

"欢迎您回来,老爷。"

"我回来了。"

美世不断提醒自己迎接时要尽可能面带笑容,清霞在看到美世无事后,轻轻将手放在她的小脑袋上,露出了安心的微笑。可他冰冷的掌心却激得美世吃了一惊。

"老爷,您的手好凉呀!"

"啊,抱歉,你不喜欢吧。"

"不,我不是那个意思……"美世用双手轻轻包裹住了清霞慌忙收回的手。

"我会担心的。"

清霞自己或许没有意识到,他刚踏进玄关时,很明显地阴沉着脸,整个身体也散发着寒意。

老爷到底拼命到了何种地步啊!美世不禁有点儿心疼。

"离吃晚餐还有一会儿,在此之前,您到暖和的房间休息一下吧!"

听到美世用不容拒绝的声音表示"您必须去"时,清霞惊得瞪圆了眼睛。

"你今天格外强势啊!"

"啊!"

自己真的很强势吗?但就让清霞去休息这件事,美世完全不打算让步。突然,美世想到自己刚才主动握住了清霞的手。

"我……我……"

不知不觉间,她竟做出如此大胆的举动。意识到这一点后,她顿时害羞到两颊发烫。

"对……对对……对不起!"

这次换成美世惊慌失措地抽回了手。虽然她觉得清霞不会为这点儿小事动怒,但内心还是十分不安,谢罪的话也随之脱口而出。

忽然,她听到头顶上传来清霞爽朗的笑声,她觉得自己的两颊更烫了,仿佛要烧起来似的。

"你的手很温暖。"

"是……是吗……"

"走吧,不是让我去房里休息吗?"

清霞以自然流畅的动作牵起了美世的手。

美世仍处在不知所措的状态之中,只觉得自己的心跳得好快,似要蹦出来一样!每当看到两人相牵的手,感受到清霞掌心

传来的温度,美世内心便会涌现出一股陌生的、让她不知如何是好的感情。她总觉得自己似乎想了一些没必要担心的事,又觉得好像自己什么都没在考虑。

为了摆脱害羞和难为情,陪清霞回到房间后,美世铆足了劲儿地照顾清霞,试图转移注意力。拿毯子、泡热乎乎的绿茶、往暖炉里填柴火……她像个陀螺一样忙个不停。

"老爷,您要不要泡个热水澡呢?"

"不用了,比起这些,你先冷静一下吧!"

听到清霞这么说,美世窘迫不已,瞬间停下了动作。看样子,她好像忙过了头,如果地上有个洞,此刻她真想立马钻进去。美世沮丧地垂着双肩,打算在清霞对面的椅子上坐下。

"等等。"

清霞叫住了她,她不解地歪过头。

"这边,你坐这里。"

清霞将两张椅子并排放至暖炉前,自己在一张椅子上入座后,示意美世在另一张椅子上坐下。

尽管想说"这么做,太不成体统了"来拒绝清霞的邀请,但清霞的眼神认真极了,带着不容辩驳的气场,那眼神仿佛在说"你该不会要拒绝我吧"。

没出息的是,美世确实没有拒绝他的勇气。不对,真说起来,她其实一点儿都不觉得自己没出息。相反,美世似乎还觉得很开心,她没有半点儿想要拒绝清霞的想法。

尽管有些不解,美世还是老老实实地坐到了清霞旁边。接着,清霞打开美世为他准备的毛毯,一边示意美世再靠过来一点儿,一边用毛毯将美世整个裹住。两人的身体紧紧贴在一起,彼此的体温仿佛从相贴的部分开始融合在了一起。

美世好不容易平静下来的心又开始狂跳不已。

"老……老爷……"

"怎么了?"

"那……那个……这个……"

"别乱动,乖一点儿!"

虽然这听起来完全是绑架犯才会说的台词,可美世现在已经没有多余的心思去在意这些了。

"可……可是……"

为什么要把我也裹在毯子里?虽然想这么问,但剧烈的心跳声实在太吵,美世几乎听不到自己到底说了什么。

"这样更暖和吧?"

"说……说得也是……"

待美世回答了自己唯一能想到的答话后,两人陷入了沉默。可越是这么沉默不语,越是让美世在意自己身旁的人。但这绝不是因为她觉得不自在,而是因为这让她既舒适又安心。

就这样,两人不知相依了多久后,清霞淡淡地开了口:"今天一天,过得如何?"

美世很清楚清霞这么问的弦外之意。你今天是怎么过的?

跟芙由没发生什么冲突吧？有了昨天那一遭，清霞会在意也是正常的。一如美世担心着清霞，清霞也在担心着美世。

"啊，那个……"

虽然猜到了清霞会问及此事，但美世并没能事先准备好一个完美的答案。要是老实回答，清霞又会为了自己发火吧？这是美世与芙由两个人的问题，不应该将清霞牵涉其中，但美世也不想欺瞒清霞。

这种时候，隐藏自己的真实想法并不是上策，这点美世再清楚不过。可美世还是想靠自己的力量解决此事，这份意志始终未变。

老实说，当时她是希望正清能晚一些介入此事的。但要是那时芙由真的动了手，使自己受了伤，就于事无补了。那样的话，美世和芙由的关系绝对会变得相当尴尬。从结果来说，正清在那个时间点出面是正确的。

尽管如此，尽管自己没有任何能力，她仍希望可以用自己的力量解决问题，这样的想法是不是有些任性了呀？

"美世？"

美世放在腿上的手被清霞结实而宽大的手掌覆盖。想必他已经看穿美世在企图隐瞒什么。看来，无论再怎么抵抗，都只有坦白从宽这一条路了。

"那您能不生气地听我说完吗？"

"视情况而定！"

"那,我不想说……"

"你今天真是能说会道呀。"

或许是感受到了美世不愿让步的坚定意志,清霞觉得无计可施,只是叹了口气。

"我不会生气的,你说吧!"

"好!"

在清霞的催促下,美世支支吾吾地道出早餐过后发生的事。事情结束后,正清在美世和芙由间主持公道,美世便回了自己的房间老老实实地待着。

虽然美世希望跟芙由好好谈谈,但被正清阻止了,她也不好坚持自己的想法。而且发生过这一系列事情后,若是马上见面,芙由情绪变得更差的话,正清也很难收场。

但是,她也没打算就此放弃。

在美世说着事情的来龙去脉时,清霞的表情变得越来越可怕。说完整件事情时,他已是一副随时都要去杀人的模样。

房间里明明很暖和,美世却不自觉地发抖。

"那个女人……"

清霞的这句轻喃,声音低沉无比。这样下去,他可能真的会去杀了芙由,感觉他不像在开玩笑,而是真的这么打算。这个认知在美世的脑中闪过,她连忙疯狂解释。

"老爷,那个,我也不能什么都不做就在房间里待着吧。婆婆并没有让我做什么太过困难的事来刁难我,公公也出面阻止

她了,所以……"

"这不是重点。"

那,问题出在哪里呢?美世不明白了。

看到美世一脸不解,清霞怒气冲冲地问道:"你不明白吗?"

覆在美世手上的手掌,此刻紧紧地握住了她的手。

"的确,我无法原谅她肆意使唤你,但更重要的是……她带着恶意,践踏了你的人格尊严,我绝对不允许这种事发生。"

"尊严……"

让清霞盛怒的理由竟是这个,此前美世完全没有想到过这一点,现在她更加不解了。

真要说起来,若让美世扪心自问"我有尊严这种了不起的东西吗",答案肯定是"否"。从出生起,她就没有任何值得别人尊重的地方,但她也不觉得这有什么可悲的。清霞所说的尊严,究竟是什么东西?她完全摸不着头脑。

"不明白也没关系,但我不允许这种事情发生。"

清霞默默低垂着眼帘,似乎比当事人美世更加痛苦。美世虽然一头雾水,但她还是很感激清霞愿意为她打抱不平。

"婆婆说得也没错,我确实什么都做不了。"

"没这回事。"

"不,不,这是事实。虽然姐姐教了我很多事,有些我也掌握了,但我本身并没有太大的价值。所以,今后恐怕再怎么努力,也都只是平庸之辈。"

美世没有任何身为名门千金应有的能力教养,就算临时抱佛脚地做了很多努力,效果也很有限。拜叶月为师并向她学习后,美世越发意识到自己多么不懂为人处世,又多么无能。尽管如此,她仍想相信这个世上有她能做到的事。就像清霞会选择她一样,她定能打开其他人的心扉。

"老爷,谢谢您愿意为我打抱不平。可是,请您再在一旁守护我一阵子。我……我想好好和婆婆相处看看。"

"一阵子,是多久呢?"

"可能的话,直到我主动向您求救为止,在此之前请您不要插手,行吗?"

看着清霞就像个在闹别扭的孩子,美世不禁想笑。不过,这种轻松的气氛却在下一秒消失殆尽。

"如果我说不行,你会放弃吗?"

清霞将脸埋进美世的肩膀,虽然看不到他的表情,但美世全身上下都烧了起来,体温骤然升高。这般亲密,她激烈的心跳声要被清霞听到了吧!虽然这么担心着,可心跳并未因此而缓和下来,反而心跳得更快了,因为太过紧张,美世的声音都激动起来。

"我……我不会放弃的!"

"哪怕我说我因为担心你都无法专心工作了?"

"呃,我想要您好好工作……"

老实说,听到清霞这么说,美世莫名觉得很开心,她也希望

清霞能一直陪在自己身边,她很害怕单独面对芙由。如果可以,她也想逃避,但这样逃避下去解决不了任何问题。

片刻后,清霞重重地叹了一口气。

"跟你在一起,会让人失去自信呢!"

"那个……对不起!"

美世不知道除了道歉还能说什么。她抬起头,看到清霞露出一副困惑不已的表情,连他的眉毛都耷拉成了八字,但他在望向自己时还是挤出了微笑。这样的他,好像一只大狗狗。美世心想。

"没关系,就按你自己的想法去做吧。"

"是!"

美世用力点点头,露出了发自内心的笑容。她一定可以跟芙由相互理解的,芙由那么关心清霞,美世觉得这样的芙由绝不会是个坏到骨子里的人。

明天,就算芙由没有叫自己过去,自己也要主动去问安。美世暗自下定了决心。

晚餐时间,只有清霞与美世二人到场用餐。芙由以心情不佳为由没有现身,正清则在她身旁一直照料着,也没有出现。坐在清霞身旁的美世兴致勃勃地享用着以西餐为主的晚餐。看着她天真无邪的样子,清霞也稍微放心了。

如果被母亲伤害后,美世又像以前那样关闭心门,清霞就真的无法原谅自己了。如果那种事情发生了,便是把她带来此地、知道母亲性情乖张却还不闻不问的自己的错。这样想来,在害怕的可能是他自己吧!

用过晚餐后,美世打算去洗澡,二人便分开了。这别墅里除了男浴室和女浴室,还有一处温泉,美世似乎相当喜欢。返回房间的清霞,将今天的工作成果大致整理成书面报告后,像是突然想到了什么似的走向了吸烟室。

别墅的一楼设置了一间空间不算小的吸烟室。不过,清霞没有吸烟的习惯,身体虚弱的正清就更不用说了,只有访客会使用这个空间。

"啊,清霞,我一直在等你。"

"你喝酒能行吗?"

"不太行,但偶尔跟儿子一起喝点儿,聊点儿自家人才能说的话,感觉也不错。"

身穿休闲和服的正清独自待在吸烟室里,捧着小巧的日式酒杯小口小口地饮着酒。这房间的访客主要是男性,基本不会有女性来访。所以,清霞觉得,若是正清有事想找他谈谈,大概会在这里。

"你真会说,我可没原谅你!"

在多张并排的椅子中,清霞选了与正清间隔了一张椅子的

位置入座,举起桌子上闲置的酒杯,正清亲自为他斟了酒。

"美世小姐有没有很沮丧?"

清霞举起酒杯,缓缓喝下杯中的清酒。这是昨天从那家商店里买回来的当地特产,入喉温润,还有一丝淡淡的甜味。

"她没觉得沮丧,美世已经习惯了受伤这件事了,她可能连自己是不是被伤害了都搞不清楚。"

"是吗?我们真是对不起她。"

从以前开始,清霞就很讨厌父亲这点。在他开朗的笑容下隐藏着冷漠又残酷的本性。他绝不会让人知道他的本心,虽然总表现出一副深爱家人的模样,但实际上,他对家人并没有多大兴趣。

现在也是,反省的话可以脱口而出,但他心里可能完全不是这么想的。

"你总是说得好听。"

清霞不禁说出略带孩子气的指责,可他明明早已不再对父亲有所期待了。正清依旧满面笑容,但看起来却令人有些毛骨悚然。

"清霞,我啊,真的一直在后悔,后悔自己过去将这个家、将家人抛之脑后。工作很忙什么的,完全不能作为借口……"像是带着假笑面具的正清轻声说道。

父亲从出生起就身体虚弱,身体承载不了强大的异能。在强大的异能世代相传的家系中,偶尔也会出现这样的异能者。

如果没有异能的话,他的身体状况也足以支撑普通人的生活,但他从一出生就带着强大的异能,这使他的身体不堪重负。清霞很清楚,父亲为此吃了很多苦。"问鼎天下的久堂家",为了守住这一地位,即使身体虚弱也绝不能被其他家系小觑。所以,父亲付出了至少比常人多一倍的心血和力气,尽职尽责地守护着久堂家。

至于母亲,撇开她喜欢奢靡铺张的性格和总是歇斯底里的脾气,她其实算得上是一名相当优秀的当主夫人。而且,久堂家坐拥富可敌国的财富,就算女主人花钱如流水也没什么。因此,忙碌的父亲便把家中的一切事务交由母亲打理。清霞也很清楚,这也是无奈之举。因此,清霞无处宣泄怨气,只能叹了口气。

"对已经过去的事情评判对错,只是浪费时间,毫无意义。"

尽管心里很介意,但清霞还是选择结束这个话题。正清则朝他露出苦笑。

"说得也是。那么,我们来聊些有用的话题吧。关于你逮捕的那个男子,你问出什么了吗?"

"比如无名教团?根据那个男子的证言,该组织叫'异能心教'。此外,他可能被强行洗过脑,或是处于被植入了某种暗示的状态。"

清霞将自己逮捕的披风男关进了别墅的地下室,并对其进行了审讯。为了避免吓到美世和用人们,他佯装是接近傍晚才回来的。但实际上,中午过后他便一直待在地下室里。男子的

举止怪异,言辞逻辑混乱,让人毫无头绪。问及他使用的那种类似异能的力量,他便声称那是上天赐予他的神力,因为太过神圣,他也无法参透其原理。在问到无名教团的问题时,男子则坚定地表示该教团教义崇高,无法领悟教义内容的人会干扰人类进化,阻碍建立平等的社会。总之,还是无从得知任何具体的情报。

清霞原本怀疑男子在故意说些假信息,但就算是假的,男子的样子也太奇怪了,他几乎没有任何情感波动,即使被囚禁在地下室,他也没表现出半点儿惊慌或恐惧。

"异能心教吗?对我们来说,是个让人在意的名字呢!"

无名教团之事在异能者之间早已传开,因此,即使是早已隐退的正清也知晓这个组织的名号。

既然名字里有"异能",或许跟清霞等异能者有关系。

"总之,有必要和中央联手。我已经派式神过去了,明后天那边应该会给回复吧。"

清霞原本是为了执行军方的任务才来调查此事,不过,如今事件似已牵扯到政府层面,若自己独断专行,一个不小心,日后很可能埋下后患。虽然有些棘手,但在得到相关指示前,他只能避免使用武力,将工作的重心放在村庄周遭的部署及调查工作上。

"嗯,说得也是。在别墅附近鬼鬼祟祟徘徊的人应该也是他们。"

正清点点头,小口小口地嘬饮杯中的酒。

"要是有什么危险,美世就拜托您了。"

"你说有危险是指……"

听到父亲带有恶趣味的调侃,清霞狠狠地瞪了他一眼。父亲明知道他在说什么,却还故意问他,这个人真是差劲。

"那些家伙很明显在防备这个家,估计是在防范久堂一族。没人知道他们会在何时以什么为契机同我们兵戎相见。"

既然特意在别墅周围窥探这边的动静,肯定对久堂家心怀不轨,想必已有十足的准备,一旦他们发动攻击,作为公仆的清霞很可能无法顾及家人。

"没想到清霞你也会有有求于我的一天。"

"不行吗?"

"不是,我只是觉得你是真心爱美世小姐的……"

清霞听后不禁瞪圆了眼睛。

他在说什么?为了理解正清的话,清霞大脑甚至停摆了一瞬间。

爱吗?说实话,"爱"这个词他想都没想过。这一刻他受到的惊吓与困惑简直无法用语言形容,毕竟喜欢或爱慕这类感情一直与清霞无关。至于自己对美世到底怀着何种感情,他不曾深究过。

不可否认,自己对美世有类似怜爱的感情。但正清的这句话让清霞苦恼不已,他不由得以手掩面,陷入回忆之中。此刻,

各种各样的思绪在他的脑海中翻腾,他已无暇顾及在他一旁一脸看好戏的表情的正清。

原来,自己对美世怀抱的感情,是男女之情!

这一事实令清霞大为震惊。不过,更不可思议的是,他竟有种恍然大悟的感觉。

落日的余晖笼罩着帝都天皇所在的宫城。

出差中的对异特务小队队长久堂清霞所传回的情报,以最快的速度传到了小队、政府和军方本部。也因此事,虽已至傍晚时分,各大相关机关的人员依旧忙碌不已。表面上看,宫城依旧风平浪静,但其内部正忙个不停。

还挺有两下子嘛!代替现任天皇掌管军国大事的皇子尧人心想。随后,他便下令召薄刃家的继承人薄刃新入宫。

接到传召,在老家经营的贸易公司里工作的新,穿着质地精良的暗灰色西装三件套,直接从公司赶了过来。他踩在碎石子路上,一边愁眉苦脸地叹气,一边朝目的地走去。

为什么那位一行动,便会有奇怪的东西出现呢?真是的,烦死了!新暗自抱怨着。对于表妹的未婚夫清霞,他怀抱着相当复杂的感情。身在外地的清霞上报的最新情报跟无名教团——也就是异能心教——有关。这个情报让中央上下忙成一团,而新也在一头雾水的情况下被尧人传召了过来。只是派他去调查目击到异形之事,为什么会演变成要跟准备推翻天皇统治的教团对峙的情况呢？真让人费解。

在新到达宫城外殿后,早就在那里待命的下人毕恭毕敬地迎了上来。

"薄刃大人,小的恭候多时了,快请！"

"麻烦您为我带路。"

"小的明白！"

新跟着这名年龄稍长的男性一路前行,最后到达了位于宫城最深处的谒见厅。

"薄刃大人到了。"

下人隔着日式拉门禀报。随后,里面传出"进来"的传唤声。新缓缓拉开拉门,轻手轻脚地进入室内。身为薄刃家的继承人,新从年幼起便学习各种礼仪,训练有素的身体会自然而然地行动,每个举止都彬彬有礼且恰到好处。

"薄刃新叩见尧人殿下。"

"汝来得正好。"

这位一如往常,还是那么明艳动人。只见其身穿用顶级丝绸缝制的深蓝色束带[①],亭亭玉立,相貌清新脱俗。无论见过多少次,新都觉得这美貌好不真实,不是俗世所有。

[①] 平安时期以后,日本贵族或高官所穿的正装。

"尧人殿下风姿依旧……"

"时间紧迫,客套话改日再说吧!"

看见尧人罕见地急于进入正题,新有些吃惊地瞪大了双眼。在新看来,尧人向来与"赶时间"或"慌张"等字眼无关,而他也确实没有什么要慌张或赶时间的事。

他会像这样着急谈正事,看来目前的情况相当紧急。

"吾便直言不讳了。新,吾希望汝马上动身前往久堂家别墅。"

"哈?"

"汝,不肯从命?"

不,倒不是这个意思,眼前这位高贵之人,似乎已看穿了新的为难。现场的气氛稍稍缓和下来。

"吾明白。不过,汝是最合适的人选,汝去了就明白了。"尧人脸上露出了算是微笑的表情,又补充了一句"大概吧"。

正常情况下,有清霞在,战斗力就足够了。无论异能心教手握何种王牌都不足为惧。让自己过去,是需要用到薄刃家的异能吗?除了这种可能,新实在想不出为何尧人要派他过去。

"不过,虽说吾希望汝立马过去,但现今天色已晚,明日汝先去对异特务小队好好了解相关情况,待后日再动身亦可。"

"您这次拟定的计划似乎格外具体呀!"

"唔,平心而论,吾也不知接下来会发生何事……不过,吾能够确定的是,汝去一趟,最为妥帖。"

尧人说话一贯隐有深意，对异能者来说，拥有"天启之能"的他，所说之言都不容置疑。而且，新现在也没有违抗这个命令的理由。毕竟，多亏了尧人，薄刃家才开始慢慢摆脱长久以来的管束。无论对薄刃家来说，还是对新而言，这都是让人欣喜的变化。可以说，尧人是薄刃家的恩人。毫无疑问，他是位值得诚心效忠的君主。

"汝明白了吗？"

听到尧人这么问，新朝其深深叩首致意。

"一切听您安排。"

或许这一刻，新的脑中已预感到了某种未来。想要改变薄刃家的处境，便不得不去正视一些过去、一些人，以及在那之后薄刃家恐怕还不得不因此面对一次存亡危机。

第五章　逼近之物

要和芙由好好相处！美世在心中暗暗发誓。

隔日清晨,清霞、美世、正清三人吃完早饭后,两位男性便为了工作分头外出行动。美世不知正清去了哪里,清霞今日还是去村里调查怪异现象。

"老爷,您不要太勉强自己,好吗？"

听到来到玄关送自己出门的美世的叮咛,清霞露出了浅浅的苦笑。

"嗯,不过,这应该是我的台词吧！你也绝不要勉强自己,知道吗？"

"是！"

美世直视着清霞的双眼点头回应,但不知为何,清霞面露疑色。

"真的,不要勉强,好吗？当我拜托你。"

"是,不要紧的！"

"拜托你对伤痛敏感一些吧……"

"嗯?"

这是什么意思?对美世来说,清霞的话有时实在难以理解。清霞看着她一脸呆滞的样子,无奈地转过身去。

"我出门了!"

"好,请您路上小心!"

美世轻轻挥手送清霞离去,直到他的背影彻底消失在视线中。关上大门后,她喊了一声"好",又轻轻拍了两下脸颊,让自己打起精神来。

现在,去跟婆婆请安吧!她对自己说。

之前听清霞说,他们只会在这个别墅里再待个两三天。这也很正常,毕竟清霞要负责带领一整支军队,责任重大。他像这样亲赴实地调查也是很罕见的情况。按理来说,他是不能离开帝都好几天的。

倘若待在这里的时间仅剩几天,和婆婆对话的机会也自然会变少。第一天见面时,婆婆是那样排斥自己;再加上第二天,也就是昨天,她又是那种态度……回想起这些,美世的脚步和心情都不由得沉重起来。美世总觉得要让芙由在剩下的两三天里对自己敞开心扉是根本不可能的。

不行不行,我要打起精神来!美世拼命把这种消极的想法赶出脑海。

仔细想来,自己甚至不曾向芙由好好地请过安,就这样回去的话,自己一定会后悔的。这里和斋森家不同,是存在体贴他人

的温柔善意的。光是从这个家的用人身上就能明显感受到这一点。这里没有任何人脸上带着阴郁。所以,一切都会顺利的,一定!

试着这么说服自己的同时,美世来到了芙由门前,深吸了一口气后,伸手敲了几下房门。

"婆婆,是我,美世。"

表明身份的话,或许芙由不会让她进去,可除此之外,美世也不知道还能怎么做。意外的是,屋里传来了"进来"的应允声。

"打扰了。"

静静踏入房间后,房内的景象让美世震惊得屏住了呼吸。

芙由躺在床上,脸色很是苍白,表情也相当阴沉。明明昨天还是那么有精神的一个人,现在望向美世的那双浅色眸子,看起来竟毫无生气。

"婆婆,您是不是……"

美世刚想问芙由是不是身有不适,芙由便打断了她。

"你来做什么?"

"那……那个……我……"

"想笑的话就尽管笑吧!"

在这种情况下,为什么她会认为自己想笑呢?芙由究竟在想什么?内心又怀抱着何种感情?想要理解她的话要怎么做才好呢?美世的脑海中闪过无数的疑问,尽管这样很没出息,可她此时除了杵在原地什么也做不了。

"我不是很明白您的意思。这里没什么可笑的事,我也笑不出来。"

"不用再装模作样了,我变成现在这样,你一定觉得很痛快吧!"

"痛快什么的……您在说什么……"

这下,美世终于想明白了,芙由恐怕是误会了。可是,美世不知道究竟哪里出了差错,也不知道怎样才能解开这个误会。美世鼓起勇气靠近床边,这时,候在一旁侍奉的苗为美世搬来一张椅子,并示意她坐下。

"婆婆,您有哪里不舒服吗?"

"是呀,托你的福。"

虽然芙由回应了美世的话,可言辞间却充满冷漠。

"您用过早餐了吗?"

"没有,因为只要脑中一闪过你的脸,我就觉得很可憎,心情也变差了。"

"婆婆讨厌我吗?"

"是呢!全世界最讨厌的就是你!"

听到芙由直截了当地回答,美世沮丧极了。婆婆对自己的讨厌竟然到了这种程度。要怎么做才能改变这一状况呢?无计可施的美世简直快要哭出来了。

"要怎么做,您才能不讨厌我呢?"

美世明白,没有比这更愚蠢的提问了,可她想不到别的

办法。

芙由对美世嗤之以鼻,"哼"了一声便转过头去。可她的动作远不像昨日那般,显得有气无力的。

"你从头到脚都令我讨厌,你我之间没有什么回旋的余地。"

"这……这样……"

"都怪你,让我被老爷责骂!如果老爷因此厌弃了我……"

"咦?"

"总之,我觉得你很碍眼,请你出去。你在这里,我感觉更不舒服了。"

看到芙由挥手驱赶自己,美世的内心更焦躁了。问题完全没有得到解决,她只是弄清楚了芙由很讨厌自己,而且事情似乎已无回旋的余地。虽然确认她很讨厌自己似乎也是必经的过程,但只是这样并不会使两人的关系发生任何变化。可她不想浪费这难得的机会。

但是,现在就算求芙由再多跟自己说说话也没有什么用吧!更何况,芙由现今身体不适。虽然不是没有意义的废话,但如果美世一直在她身边絮絮叨叨,她恐怕无法休息吧。美世拼命想着能够继续留在这个房间里的方法。

"你还在磨蹭什么?我说,请你出去!"

芙由的眼睛像在喷火,似乎更加愤怒了。

美世清楚自己此刻得说点什么才行,可她怎么想也想不出芙由会感兴趣的话题,也不知道有什么可以拿出来说的。本来,她也不擅长跟别人搭话。不通人情世故又知识匮乏的美世,懂的词汇本就不多,大多时候她都跟不上话题的开展,也无法及时地做出恰当的反应。她年幼时或许还不是这样的,但她长年以来几乎不曾与他人交谈,导致这方面的能力日渐退化。因此,让美世用话题吸引别人,真的是难于登天。

聊天不行的话,就只好用别的方法。那么,除了用行动来表示,便没有其他方式了。

"婆婆……"

"怎么了?你还想做什么?"

看到芙由那打心底里厌恶自己的表情,美世简直要被击垮了。但是她必须要迈出这一步,她试着鼓起干劲。

"您刚才说还未用过早餐……"

"我这么说过吗?等等,你这样多管闲事让我很困扰!"

"这不是多管闲事,我这就去把早餐端来!"

就是这个!这样的话,她既按照芙由的吩咐离开了房间,又可以再回来!

我竟然想出了这种好主意!美世悄悄在心里夸赞着自己。虽然这是情急之下下意识的发言,但原来人只要被逼到一定程度,还是能做成事的!

不过,芙由的反应并没让美世如愿以偿。

"你适可而止吧!你到底要让我不舒服到什么地步才肯罢休?"

"婆婆……"

美世停下准备离开房间的脚步,低垂下头。

"还有,不要再叫我婆婆了!像这样对长辈的话不屑一顾,就是因为你缺乏教养又粗鄙不堪!"

芙由的话狠狠刺入美世的心中。她想和芙由好好相处,想努力得到她的认可。此前,为了成为一名完美的淑女,她开始学习礼仪教养。她想跟芙由搞好关系,也有这方面的动机,这只是个再简单不过的愿望而已。

我的做法既霸道又野蛮吗?迷茫在美世的心中滋生蔓延。就这样结束好吗?自己似乎真的是个净做让芙由讨厌的事的讨厌鬼。可是,时间真的不多了,要是就这样放弃,她恐怕再也不会有跟芙由对话的机会了!这样的话,就不只是美世一个人的问题了,清霞一定也很为难。

芙由所做的一切都是为了清霞,就算清霞并不感激也是一样。他们明明爱着对方,却没法好好对话。家人之间相互憎恨实在太让人难过了。其实,只要好好地传达真实的心意,事情就会朝好的方向发展了。

如果因为自己被芙由讨厌,导致清霞愿意面对芙由的可能性也消失了,这是美世最不想看到的。

最初决定要来这里时,清霞的态度还不像现在这么坚决。毕竟,就算来了这里,他也可以带美世住在旅馆,不见得一定要到别墅暂住。虽然这种想法或许太过乐观了一些,但有可能清霞原本就有意想借着和芙由相处的机会使母子关系缓和一些吧。但自己的存在却破坏了这样的未来。

到此为止,不能再因为自己而让任何机会消失了!现在不是迷茫的时候,更不是犹豫不前的时候!虽然美世在心里这样告诉自己,可她也害怕芙由会比现在更讨厌自己,因此,向前踏出的每一步都令她心惊。

"我……"

就这样打退堂鼓真的好吗?因为害怕、胆怯就被当前的形势牵着鼻子走,这样的话什么都不会改变的。美世直冒冷汗,紧紧握着自己颤抖的指尖。

"那个……我想再多和您说说话……"

意识到时,她已经说出了内心的真实想法。

"哈?"

"我想和婆婆,不,和夫人稍微再互相了解一些……"

要是能表现得更自然,话说得更流畅就好了。结果,自己只能说出这种稚拙的话,真是讨厌这样的自己。这么说的话,她仿佛只是更加证明了自己不是芙由所期待的那种聪明伶俐的人。她越想越觉得自己真是个大笨蛋,昨天也是如此,为了让芙由知道美世是多么真心,美世非常努力。她以为只要让芙由明白她是怀着什么心思待在清霞身边的,芙由或许就会愿意和自己说话了。可她没想到的是,芙由会讨厌她是理所当然的,因为芙由最不满意的,就是美世的根本——她的出身教养。所以,她越是

了解美世,就越是排斥美世。

美世的鼻子开始发酸,视线也跟着模糊起来。

"该怎么做才能让您不再讨厌我呢?"

"我说过的吧,我们之间没有什么回旋的余地。"

果然,芙由的回复丝毫不留情面。美世杂乱无章的思绪想不出任何更好的答案,她只能吐露自己的真心。

"我会更努力的。为了成为配得上老爷的淑女,我会竭尽全力的!"

"只是嘴上说说当然简单,但努力也未必就有成果。你好歹也出生在异能之家,应该很清楚这点吧?"

"是……是的!"

只是努力没有任何意义,最典型的例子便是异能了吧!如果不是生来便拥有异能,之后无论做什么、付出多少努力都无法得到认同,也不会成功,更不会被爱。美世过去便一直置身于这残酷的世界中,她比任何人都清楚异能的价值。

"过去是无法改变的,即便空有一片真心,也没有任何意义。"

"我……"

我不是空有一片真心而已。即便想要开口反驳,可美世的喉咙、舌头、嘴唇已不听使唤。她是个极不成熟的残次品。无论再怎么努力学习,都远远达不到让人满意的程度。"就算过去无法改变,我也会努力让您对我满意的。"这种话,她死也无法对芙由说出口,因为这种话怎么听都只是大话。

"无论你做了什么,我都不会认同你。想要我认同你的话,得把你出生的家系、父母、成长过程全部改正一遍才行。"

这话,否定了美世的一切,既是斩断美世念想的利刃,也是表现出坚定地拒绝、阻断二人关系向前迈进一步的高墙。

美世沮丧地离开了芙由的房间后,苗追了上来。

"少夫人!"

"我恐怕不能成为少夫人了。"

不对,如果身为当主的清霞的意志不改变的话,美世无疑会得到"少夫人"这个头衔,可这个头衔本身没有任何意义。美世一直强忍着落泪的冲动,但此刻,一滴眼泪从她的脸颊滑落,这一事实让美世震惊不已。

为什么会流眼泪呢?自己并没有受伤,毕竟在娘家的时候,她早就听过更恶毒的话了。如今,自己怎么突然落泪了呢?

突然,她脑海中闪过清霞无奈的话语。

"拜托你对伤痛敏感一些吧……"

对痛楚……更敏感?

美世将手按在胸口处问自己:我,痛吗?她原以为自己早就习惯了,但实际上,她一直能感受到伤心难过,只是自己未察觉到而已。

"少夫人……"

苗担心的轻唤让美世回过神来。不行,她现在可没有愣在

这里发呆的闲工夫。

"苗太太……那个,请像昨天那样分给我一些工作吧。"

"这怎么行!"

"拜托您了!"

美世从芙由面前逃走了,她找不到解决的办法。这样的话,她希望至少做一些力所能及的事。要是连这个都做不到的话,这栋别墅里恐怕就真的没有她的容身之所了。苗犹豫了一下,但马上被美世的坚决打败,双眉像举起白旗投降似的垂了下来。

"那么,今天就麻烦您帮忙打扫和洗衣吧!"

"好的,我换好衣服后马上过去。"

美世返回房间,换上昨日穿过的用人制服。为了让自己振作起来,她将头发扎得比平常更紧,然后系好了用来固定衣袖的束袖带。

没什么要心痛的,因为我没有受伤。她坚定地说服自己。因为不这么做的话,她怕自己会失去全身的力气而瘫坐在地。过去,无论一颗心被碾得多碎,她都不会掉下眼泪,身体也会自然而然地继续行动。可现在,她却感到眼前变得一片漆黑,身体更是无法移动半步。

我变得比以前更脆弱了吗? 不对。一定是因为现在的我很幸福吧。美世似乎明白了什么。因为知道了什么是幸福,体会到了什么是温暖,所以才会觉得这种伤害比以前要疼上好几倍。

之后,美世拼命让自己打起精神,尽全力做着苗分配给她的工作。伤痛也好,问题也好,暂且抛之脑后,先集中注意力到手头的工作就好。可她越是试着遗忘,压在胸口的那块大石头便越沉重。她觉得自己快要喘不过气了。

这种压抑感在迎接归家的清霞时,让她一下子就暴露了自己低落的心情。

"又被她说了什么吗?"

"我没事的。"

"你没有回答我的问题。"

美世原本不想让清霞担心,但并没有蒙混过去。

清霞重重地叹了一口气。

"请您不要生气,听我说……"

"又是这个说辞?"

美世将与芙由的对话一五一十地说了出来。清霞如美世所希望的那样没有插嘴,一直沉默地听她讲到了最后。

"美世,我该怎么做才好?"

听到清霞这么说,美世抬起头来。只见清霞直视着自己的双眸十分平静,完全没有愤怒的情绪。因为美世希望他不要生气,让她自己放手去做。

"……老爷。"

明明自己想要凭借自己的力量做些什么的,可鼓起干劲最后还是落得这番田地。美世觉得这样的自己很没出息,也很丢脸。

干脆依赖清霞吧。这样也许无法解决问题,但至少可以避免受伤,也不用遭遇伤心之事,因为清霞一定会保护自己。

可是,这样真的好吗?自己真的不会后悔吗?美世并不坚强,现在她依然想逃得不得了。不过,就算逃走了,也不会有人责备她吧?美世有些害怕,她和芙由虽然都是人类,也都是女性,可除此之外,两人天差地别。她们可能永远无法相互理解,一想到这儿,美世就害怕得不得了。但她又不自觉地摇了摇头,脱口而出地说:"请您暂且不要插手。"

"真的可以吗?"

"我会继续努力的!"说完,她又补充道,"可是,如果我觉得很痛苦、很伤心、不知该如何是好的时候……"

"我会守护你,哭出来也没关系!所以,就尽力努力到让自己不后悔的程度吧!"

"好!"

只要有这个人在,就不会有问题!自己决不会像之前那样迷失自己的心。所以,再一下下就好,她想再努力一点点,不想放弃!

不知道该说幸运还是该说不幸,美世再次和芙由见面时,是

隔天所有人齐聚一堂的早餐时间。这是芙由在美世和清霞到来后，第一次现身共同进餐。

"啊呀，my honey（我的甜心），你身体好点儿了吗？"

尽管正清热情开朗地同芙由搭话，芙由却没有应声，只是瞥了他一眼。在美世身旁的清霞未做任何反应，只有美世一个人紧张得全身僵硬。

"早……早安，婆婆。"

美世豁出去似的开口打招呼，不料沉默瞬间笼罩了餐桌。

"不是说了不要这么叫我了吗？大清早就这么烦人，真够没品的！"

听到芙由刻薄的回应，美世不禁有些想退缩。虽然感到坐立不安，但她原本以为芙由会直接无视她，听到她还会回应自己，美世反而有些安心了。

大概她的内心活动都写在了脸上，芙由一脸嫌弃地皱起了眉头。

"你傻笑个什么劲儿！真让人不自在！"

"非……非常抱歉！"

在这之后，沉默继续蔓延。尽管美世很想多跟芙由搭话，可回想起昨天的情况，美世不由得退缩了。而在场的男性则始终秉持着静观其变的态度。早餐全程很安静，只有盛着精致餐点的碗盘被放到桌子上的声音以及用餐时餐具相撞的声音。

今天的早餐是松软的奶油餐包、香煎培根蛋卷、凉拌蔬菜沙拉和蘑菇浓汤,菜色一如往常的丰盛。似乎是为了迎合芙由的喜好,这个家多食用西式餐点。不过,身体虚弱的正清每次都吃与大家不同的菜色,这大概也是芙由的安排吧!

美世一边将食物送入口中,一边偷偷观察芙由。

婆婆果然超级美艳呢!脸蛋就不用说了,芙由的一举一动都优雅、漂亮得让人惊艳。在美世看来,虽然芙由行为浮夸了点,但她绝对是上流淑女的典范。有个让美世打心底里佩服并自愿想称之为婆婆的人让美世很开心,所以即使芙由对她避如蛇蝎,她还是不想放弃与之建立亲密关系的机会。

可自己该怎么引出话题呢?这样下去的话,早餐时间就会在无事发生的情况下白白浪费了。再厚着脸皮去芙由房间打扰的话,她可能会更讨厌自己。但下次用餐时,芙由又不一定会露面。自己再不做点儿什么的话,很可能在什么都来不及做的情况下,就被迫和清霞回去了。

"婆婆……"

"扑通、扑通、扑通……"自己的心跳声清晰地传入耳内。只是开口叫对方一声,就让美世紧张到了极点。

"你真是听不懂别人的话啊!到底要我说几次呀!别再叫我婆婆了!"

因为太过紧张,芙由的这句话倒没有让美世感到受伤。只是餐厅里顿时弥漫起紧张的气氛。然而,此时的美世已经没有多余的精力去在意这个了。

"那个,请问,我晚点儿可以到您的房间去问安吗?"

"不行!"

"我有很多想让婆婆教我的事,您是一位非常出色的名媛,我……我也想变得像您一样好,所以……"

"就算你拍马屁也没用,我不会原谅你的!"

虽然美世并没有打算用拼命讨好的方式软化芙由强硬的态度,但芙由似乎是这么断定的。

该怎么做才好呢?怎样做才能让芙由感受到自己的真心呢?美世手足无措,理不出任何头绪。

两人对话中断的瞬间,一旁的正清温柔地打起圆场。

"好啦好啦!这不是挺好嘛!小芙由,你就教教她嘛!"

"老爷,请您闭嘴好吗?我不想被人使唤做这种事!"

芙由不留情面地强硬地回绝了正清的提议。回想她昨天那虚弱的模样,好像幻觉一样。美世依稀记得昨天和芙由对话时她还说过"不想被老爷讨厌"之类的话。从今天的情形看,那怕不是自己听错了吧?

"这样啊,抱歉。"正清沮丧地垂下肩膀。

"到此为止吧,再聊下去不过是浪费时间,我先失陪了。"

芙由缓缓放下餐具站起身来。她的餐盘里还有一半左右的早餐。

"啊!请等一下!"

虽然想起身追上去,但又觉得剩下食物不吃太过浪费,令人

愧疚,美世不禁犹豫起来。在她犹豫的时候,芙由已准备离开餐厅了。

就在这时,餐厅的大门突然被打开,只见屉木惊慌失措地冲了进来。跟刚才不同的紧张气氛随即笼罩了全场。

昨天那么伤心、眼中噙着泪水的美世,刚才在餐桌上却那么努力地同芙由攀谈,这让清霞莫名有些引以为傲,但同时又有些落寞。只是在一旁听着她们的对话竟会让自己陷入此种伤感之中,想到自己这种反应,清霞不禁想苦笑。可这份悠闲随着屉木的到来消失了。

屉木脸色苍白地冲进来,附在正清耳畔低声说了些什么,正清只是平静地朝他点了点头。

"到底出了什么事?"清霞冷静地问道。

正清罕见地一本正经道:"村里似乎发生了大骚动,有一名村民跑来求救了。"

"我马上过去!"

清霞站起身来,正清也一脸严肃地同他一起出了门。

昨天,清霞也去村里巡逻并做了调查,但不知是不是时机不对,那间废弃小屋里依旧空无一人,最后他只得无功而返。而且,昨日也未收到任何中央的指示,对抓来的男子的审问也差不多进入了瓶颈期。可以说,昨天一整天案件毫无进展。不过,如果对方已经开始行动,那清霞也必须采取行动。

在走向玄关的途中,他向屉木确认着情况。

"屉木,对方有说明具体发生了什么事吗?"

"没有,不过似乎是早上发生的事,对方提到了有恶鬼之类的。"

"恶鬼吗?"

又来了,又是目击到了不明身份的恶鬼的证词。这次又发生了什么引起骚动之事呢?

"清霞,你要到村里去吗?"听到身后传来的询问,清霞明确地点了点头。

"不过也要视情况而定。"

"嗯。"

"或许,这别墅也已陷入危险之中,到那时……"

"嗯,就按我们约定好的,防守的任务就交给我吧!"

虽然一切都还只是推测,但毕竟对方很可能是那个和异能有关的未知组织,无人知晓他们接下来的动作。既然清霞是作为军人被派来此地的,那他便不能以个人得失优先。这次无疑要借助正清的力量了。虽然清霞并不相信正清有人情味,但作为异能者,正清的实力确实不容小觑。

来到玄关后,清霞看到一名村民坐在角落的沙发上。

"那人是……"

他对那个背影有印象,应该是村里那个声称自己见过恶鬼的年轻人吧。对方似乎也察觉到了清霞等人正朝自己走来,于是慌慌张张地转过头来。

"救……救救我们,军人大人!"

他果然是清霞几天前见过的那个第一个见到恶鬼的年轻男子。

"发生了何事?"

"恶鬼……恶鬼出现了!我的同伴被它吃掉了!"

"等等,你冷静下来好好说!"

整理一下男子的话,事情大概是这样。

村民们因传闻不安到了极点,一群男性村民不顾这名男子和商店老妇人的劝阻,决定聚集起来,在天亮前去拆除那间废弃小屋,他们认为一大群人一起前往可以解决这个问题。但出现在那废弃小屋里的是人高马大的恶鬼。它们跟年轻男子之前目击过的恶鬼外貌相同。恶鬼的动作十分敏捷,男性村民陆续遭到攻击。恶鬼用牙刺穿了他们的身体,不过当时被攻击的男性村民们并没有出现明显的外伤,从外表来看,他们没有发生任何变化。男性村民们见状还不以为然地笑称那只是骗小孩的把戏。可事实上,这简直是大错特错。

"过了一段时间后,他们突然变得很奇怪。他们开始说些莫名其妙的话,还会失控暴动。他们绝对是被恶鬼吞噬了灵魂。"

面对可怕的恶鬼,男子实在无法用什么"反正我们人多""反正被咬了也没发生什么变化"之类的说辞使自己一笑了之、不再在意,于是他拼了命地逃至别墅求救。

"可是,我在逃跑途中脚也被咬了,或许我已经没救了。"

"你先冷静,这并不是灵魂被吞噬了,你暂时在这里休息下吧。"接着,清霞又安慰男子道,"你尽力了。"

之前害怕成那副德行的他虽然现在也浑身发抖,但并没有陷入恐慌失控的状态。他一定深爱着自己的村子吧!

"拜托了,这样下去,村庄会……"

男子拼命地请求着,突然,他的动作停下了。

"你怎么了?"

"啊……啊啊啊……唔啊啊啊啊啊……"

痛苦地呻吟着的男子突然翻出白眼,紧紧地抱住了自己的头,这样子明显不对劲。

清霞不由得轻轻屏住了呼吸。

难道真的被恶鬼吞噬了灵魂?不对,虽然男子说恶鬼会吞噬他们的灵魂,但一般而言,灵魂被吞噬后的表现并不是这个样子。清霞总觉得这次的事件跟普通的怪异现象存在着某种本质上的不同。

"这到底是什么情况呀?"

玄关充斥着诡异的氛围,跟到这里的芙由发出了尖锐的叫声,而跟在她后面的美世则是一脸不安的样子。

"小芙由,这里很危险,你快回房间去!"

虽然正清这么警告着,芙由却完全不打算理会他。

"老爷,这到底是怎么回事?请你说明!"

她对不断痛苦呻吟的男子投以厌恶的视线。

这下麻烦了！清霞咬紧了牙。芙由生性高傲,是个彻头彻尾的千金大小姐,她是绝不会让一介村民踏进自己家门的,即使现在并不是在意这种事情的时候。

尽管清霞想立刻动身前往村子,但此刻他又有些犹豫。就这么抛下这边离开,真的没问题吗？正当清霞犹豫之时,美世悄悄走到他跟前。

"老爷,现在是……"

"好像有恶鬼袭击了村民,我现在要马上去村里,美世你……"

"好！"

抬起头仰望自己的未婚妻眼里没有一丝动摇,她像是已经看透了一切似的点了点头。

"照顾村民的事就交给我吧！老爷,您赶快过去吧！"

刚才还因为母亲的事而惴惴不安的女孩现在去了哪里呢？此时的美世竟让人觉得如此可靠！在这一瞬间,清霞垂下了眼眸。

她每一天都在成长,甚至已经成长到了不再需要自己庇护的程度。总有一天,她身后会生出一双巨大的羽翼,然后飞向自由的世界吧！这样一来,自己又该如何自处呢？

想到这儿,清霞内心生出一丝丝失落与不安。或许真如父亲所言,自己的内心已萌生出了他无法忽视、亦无法逃避的强烈爱意。可是,现在不是得出结论的时候！

清霞直视着美世那双清澈的眸子,回应道:"那就拜托你了,美世!你千万不要以身涉险,战斗的事交给父亲就行了!"

"是!我不会勉强的!老爷,您一定要小心。"

"嗯。"清霞将自己的额头贴在了美世的额头上。

"老……老爷!"

他一定会处理好一切问题,然后快速回来的!在我还没有忘记这温暖的触感前回来!美世内心无比坚定地相信着。

"我出发了!"

说完,清霞转身,头也不回地快步向村庄进发。

美世目送着未婚夫远去的背影,她能做的事情并不多,甚至可以说没有。当清霞不在她身旁时,她会不安。可是,像这样目送清霞出门是她的使命。

大门关上后,美世立即赶向了年轻男性村民的身边。

"等一下,美世小姐!随便靠近可能会有危险!"蹲在男子身边监视其情况的正清开口制止道。

男子似乎已彻底失去了意识,他全身瘫倒在地,不停地发出痛苦的呻吟声。

"可不靠近的话,我什么也做不了。"这样回复正清后,美世毫不犹豫地蹲到了男子身边,观察他的脸色。可美世毕竟不是医生,所以她也没法判断男子到底出了什么状况。但她清楚地知道,放任其继续倒在地上并不妥当。

"总之,先把他移到别处吧……苗太太,能不能让这位先生

到一楼的空客房休息呢?"

"我这就去准备!"

"拜托您了!"

美世拜托着在一旁待命的苗,而后者向她用力地点了点头,接着苗开始利落地向其他用人发出指令。

尔后美世转头望向正清。

"公公,可以让他使用客房休息吗?"

"当然可以!"正清爽快地点头同意并表示自己可以将男子搬到客房去。

"请等一下!"

芙由尖锐又响亮的声音响彻了玄关,原本慌慌张张行动起来的众人全都将视线投向了她。

"竟然让这种村民进入我家!我决不允许!"

"婆婆!"

"如果他是因为什么流行的传染病才晕过去的呢?这个屋里的所有人都会跟着完蛋的!"

"这……"

确实,芙由说的也有一定道理。美世和正清都不知道这个男子突然昏厥的原因。贸然让其入内,很有可能会让这种"病情"扩散。但是,现在并不是争论这种事的时候。

美世从男子身旁站起身,直面芙由。

"婆婆言之有理,可也不能让这位先生一直躺在这里呀!"

"我说,你为什么在这儿指手画脚?你有什么资格在这里肆意妄为呀!"芙由横眉怒目,生气地尖声怒吼道。她现在就像前天那么激动,但美世不能在这种关头让步。

"是,我确实没有资格,但是我和老爷约定好了,这边的一切就交由我处理。"

确实,让其入内很可能让这个家陷入危险,可对美世而言,现在的问题并不在于此,而在于清霞将其托付给了自己。尽力完成丈夫的嘱托是妻子的职责。美世望着俯视自己的芙由,不卑不亢地回应着。昨天她面对芙由的时候什么也没说便投降了,现在自己却这么强硬,这简直就像在梦中。

"你那么想照顾他的话就请把他带到别处去照顾,这个房子的女主人是我。"

"但我是老爷的未婚妻。"美世坚守着自己的初心,"让老爷毫无顾虑地全身心投入工作,在后方好好支援他,是我唯一能做的事,也是我的使命!我会为此拼命的!"

清霞是一名异能者,而异能者是国家的武器,无论多么危险的战场,只要国家一声令下,异能者就要拼命向前。

为了能支援这样的他,只要是自己能做到的,无论什么她都愿意做,这便是她的觉悟,她的这份心意不会输给任何人。

美世的坚定似乎感染到了在场的人。

"小芙由,身为家主的我都已经同意,你不要再闹了!"正清开口道。

"为什么!我明明没有说错什么!"

没错!芙由的使命是守护这个家及这个家里的人,所以她并没有错,她无法接受一个来路不明的人也是理所当然的。

美世向芙由露出微笑:"好!所以,一切都由我来负责,婆婆,请您安心地待在房里。"

美世的话使芙由瞠目结舌。

"什……你是说你要和那个人一起隔离吗?"

"如果婆婆这么坚持的话!"

"别……别说傻话了!你可是个姑娘!就算他是病人,我也不能让你们孤男寡女共处一室!"

这次换美世惊讶了,芙由这么说是什么意思?是自己误会了吗?

"婆婆,您是在担心我吗?"

听到美世天真的问话,芙由的脸颊一下子染上了朱红。

"这……这怎么可能!我就是觉得,这么轻易就跟未婚夫以外的男人独处的轻浮女子,我根本不考虑!"

"啊……"

正如芙由所言,美世刚才的发言有失淑女风范,而美世竟以为芙由在关心自己,真是自作多情,太丢脸了。

"你明白就好!"

看到美世沮丧的模样,芙由轻哼一声。

其后,男子被移到了客房,没过多久便彻底失去了意识。

"情况不妙呀！他的呼吸很微弱,心跳也很弱。"大致确认过男子的情况后,声称自己略懂医术的正清这么表示。

看着眼前这名男子不时痛苦地抽搐,美世能做的只有替他拭去额头上的汗水。但正清表示这就足够了。

"我们不知道原因,也没法做出任何应对。你只要在一旁看着就好,这样一旦发生什么异变,便能马上发觉,光是这样就帮了大忙了！"

"可是……"

美世觉得放任不管的话,男子可能会有生命危险。此刻,清霞肯定在追查原因,可没人知道这要花上多长时间,也没人能确保这名男子能撑到那个时候。

正如正清所言,男子的呼吸正越来越微弱,好像随时都会停止。因为过于不安,美世的视线一刻都未从床上离开过。

正清见状轻轻拍了拍她的肩头:"美世小姐,你再着急也没有用。"

"……是呀！"

这么回答时,美世突然灵光一闪。拯救这名男子的方法,自己或许有。既然他失去了意识,那自己可以用异能潜入他的内心世界,从内部做些什么的话,或许能使男子清醒过来。

近来,美世一直在跟叶月和新学习与异能有关的知识以及驱使异能的方法。正常的异能者自幼便可以自然而然地感受、面对自己的异能。对他们来说,施展异能就像呼吸那么简单、自

然。但美世的情况与此不同。她首先要认识自身的异能,所以现在都还在修行中。虽然她也是异能者,但对异能的使用却不够熟练。能够影响他人精神之力是薄刃家特有的、同时也是非常危险的异能。新曾说过,之前她能顺利地让清霞清醒过来,简直是个奇迹。倘若失手,别说让这名男子恢复意识了,美世自己都很可能陷入昏迷。

不行,如果失败了,后果将不堪设想。美世在心里思量着。况且,连正清都不知晓其中缘由,男子又说自己是被恶鬼吞噬了灵魂,贸然使用见梦之力最后会演变成何种情况,美世也无法预料。如此草率行事未免太过莽撞。

"但是,正如清霞所说,被恶鬼吞噬灵魂一说也有诸多疑点。"正清抚着自己的下巴喃喃道。

但下一刻,他突然面露惊讶的表情,接着严肃地环视四下。

"似乎有什么东西上门了!"

"啊?"

不知道他在说什么的美世好奇地歪过头,正清"呼"地松了口气,然后朝美世露出无力的微笑。

"好像是有客人到访,我出去迎接一下。"

这种时候有客人来访?会是谁呢?而且,正清人在这里,为什么会知道有人来了呢?虽然疑问很多,但美世乖乖地什么也没有问。因为她觉得正清的样子好像不太对劲。

"美世小姐,等清霞处理完所有事情回来,你们就回帝都去,大家一起好好地吃一顿吧！"

"……好的！"

正清再次轻轻拍了拍美世的肩膀，然后离开了房间。

"老爷，您要去哪里呀！"

不知为何，外面传来了应该在房间里的芙由的声音。

"我出去一下就回来。小芙由，这么在意的话去房里看看就好了嘛！"

"什……人家才不在意呢！"

听到她这么回答，正清没再多言，只是笑着离开了。没多久，芙由带着一脸的不情愿在正清离开后进入了房间。

"你竟然真的在照顾这个村民呀！"

"是的！"

回答芙由的问话时，美世的视线也没有离开躺在床上的男子。她不是想逃避与芙由相处，而是现在情况紧急，不是跟芙由争执对错或灰心丧气的时候。

"为了讨好清霞你竟能做到这种地步？"

芙由的话语中透露出她至今未展露过的迷茫。

"我……"

要是问美世想不想讨好清霞，答案是肯定的。她一直渴望得到清霞的称赞，也希望自己能配得上清霞身边的位置，并让别人打心底认可她与清霞相配。可实际上，她现在做的一切并非全是为了这些。

"我想帮上老爷的忙,而不是仗着是他的未婚妻就一味依赖他。我知道我能力有限,但我想从自己能做的事开始慢慢变好,然后将来有一天可以堂堂正正地自信地与老爷并肩。"

芙由难得地没有打断她。

"所以,只要有我能够做到的事……"美世轻轻地抬起了昏迷的男子的手,将指腹按在了他的手腕上。她发现男子的脉搏已变得相当微弱,他的呼吸从刚才开始就很浅,现在呼吸的时间间隔更长了。即使美世是个不懂医术的外行人,也能看出男子的生命正在一点一滴地消逝。或许,他已经没有多少时间了。

"你甚至愿意赌上性命?"

"是的,我愿意,只要是为了老爷。"

美世不带丝毫犹豫地回答芙由。为了守护那个村子及村里的村民,清霞现在肯定正置身于危险的战场上,而美世也相信清霞一定可以做到。但若是这男子在这里丢了性命,就算清霞最后成功地守护了村子及村民,恐怕他们也会将愤怒的矛头指向清霞。她无法眼睁睁地看着事态朝这个方向发展下去。

"……婆婆。"

"干吗?"

"我要救这个人!"

美世此刻已下定决心,虽然使用异能会违背她跟新的约定,但既然有她能够做的事,她便无法继续袖手旁观。

芙由一脸狐疑地瞅着美世。

"你什么能力都没有,要怎么救他?"

"我有办法,我可以使用异能。"

真是不知所谓,她是在把自己当傻子吗?芙由不禁沉下了脸。

美世终于转过头来望向她。

"你不是没有异能吗?"

"是,以前是没有的。但是,我再怎么不济也是薄刃家的血脉,只要我潜入这个人的意识中,说不定就能让他醒过来了。"

"薄刃……潜入他的意识中?"

"公公刚才也说,如果能唤醒他的意识,或许他的状态能稳定下来。凭我的异能一定可以的!"

只要美世不失败就没问题。但美世比任何人都清楚,她对异能的使用尚不纯熟,因此,她无法说出万无一失之类的话。想到失败会带来的后果,美世一下子冒出令人不适的冷汗。她知道,自己这是真的赌上了性命。

"我光听着就觉得危险极了……"

"是的……老实说,我也觉得很冒险,毕竟我的异能才觉醒不久,还很不稳定。"

芙由打开了手上的扇子,以掩盖自己脸上那难以言喻的表情。

"婆婆,您之前说过,空有一片心意,没有任何意义对吗?"

"是,我是说过。"

"我也这么认为,所以我会用行动来证明的!"

芙由眉头深锁,出现了川字形的皱纹。

"我那么说,不是要你去做什么危险的事,更不是要你拿命去赌。"

这还真是只有芙由才会说的话,美世不禁有些想哭,甚至要忘了自己接下来即将挑战极度危险的任务。美世明白,芙由并不是要她冒着生命危险去证明自己的觉悟,因为这并不是问题的关键。所以,这是她自己的决定!即便自己一无所有,也不能就此停下脚步,止步不前。

"是的!所以婆婆您没必要觉得是自己的责任。"

"我不是这个意思啦!"

芙由的这句轻喃还没来得及传入美世的耳朵里,便消失在空气中。

美世转身面向床铺,用颤抖的手指轻轻握住了男子的手腕,然后闭上了双眼。一旦闭上眼睛,或许就再也不会睁开了。倘若失败,便会变成这种结局,美世将再也见不到清霞,再也回不去那个家了。这一切都让她感到可怕,但她仍选择拼命压下这份恐惧,并将其埋入内心深处。

动摇和犹豫都会影响异能的发动,我必须冷静。美世这样暗示着自己,脑海中回想着过去学过的内容。

"听好,施展异能的时候必须保持平常心,不然异能会不稳定。最糟糕的情况下还可能导致异能发动失败。"

"此外，越是强大的异能，失败时的反噬就越强。你必须做好可能会有人因此丧命的觉悟，其中也包括你自己。"

"老实说，你上次能够那么顺利地施展异能纯属巧合，切记千万不要太高估自己，绝不要独断专行地施展异能。"

新的声音在脑海中回响，一声声都像在责备美世违背了约定。不过，经过学习和训练，自己应该已经能够施展足以处理这种情况的异能了。在必须使用异能的时候，她绝对没有袖手旁观的道理。

不要紧的，一定会顺利的。美世不断给自己积极的心理暗示。

她开始深呼吸，让自己不断往下沉，以潜入那伸手不见五指、无法辨认方向的黑暗世界之中。随后，她在黑暗之中看见了将意识和意识串在一起的、宛如一条细线的模糊界线。只要越过那条边界，便能踏入他人的内心世界。美世对那仿佛没有实体的轻飘飘的身体施力，用力咽下自己紧张的口水，向前方踏出了一步。

突然，美世的身体飞速地从意识的世界中浮起并被拉回了现实世界，刚才还差一点儿便能够触碰到的界线也不断远去。

五感中最先恢复的是听觉，美世耳内传入的是一个熟悉的声音。

"美世，快住手！"

"……唉？"

待所有的感官知觉都恢复后,肉体的实感也随之恢复,涔涔冷汗从美世的皮肤不断渗出。现在,美世的身体正被一名健壮的男子搂在怀里,出现在她眼前的秀丽的面孔,正是她的表哥薄刃新。

"你在干什么?为什么打破我们之间的约定!"新震怒不已,总是带着柔和笑容的脸现在却因强烈的怒气而扭曲,这是美世第一次见到这样的新。

如坠五里雾中的美世正呆呆地思考着无关紧要的事。

"阿新表哥为什么会在这里呀?"

"这不是重点,我现在非常生气!我明明再三嘱咐过你不要再随意施展异能了!"

美世缓缓抬起被新的手臂支撑着的身体,不料却感到一阵强烈的晕眩。虽然头疼欲裂,可她仍相当困惑。

面对不知为何会出现在这里的新,同样困惑的还有芙由。

在半开的房门外,以苗为首的用人们杵在原地,也是一脸不知如何是好的表情。

"美世,你有在听吗?"

"啊,在听,在听的!"

总之先点头就对了。

见状,新像被打败了似的叹了口气。

"还好我赶上了,真是的,就是因为你们乱来,尧人殿下才派我来的吧!"

"咦?"

"我是奉尧人殿下之命前来协助你们的,虽然他是何用意我尚不明了。"

原本为照顾美世而蹲跪在地的新站起身来,同时,他也将美世拉了起来。他微卷的褐色秀发罕见地有些蓬乱,不知是不是美世多虑,她觉得新身上穿的西装外套看起来有些脏皱,大概他是在十万火急的状态下赶过来的,几日未曾更衣休息了吧?

美世努力站稳无力的脚,以防自己跌倒。

"来者何人!竟随便闯入久堂家!"

新的背后传来芙由僵硬的声音,美世随即将目光转到芙由身上。只见芙由正以一副高度警戒的样子死死盯着新。

面对芙由那足以射穿他的犀利视线,新丝毫不为所动,只是泰然自若地朝芙由展露着他一贯持有的颇有亲和力的笑容。

"您好,初次见面,鄙人薄刃新,在下的表妹美世承蒙您照顾了。"

"你说你姓薄刃?"

"是的!"

在得到新肯定的回答后,芙由的脸色渐渐变得苍白。

"为什么……"

自先前那件事发生后,美世同薄刃家的关系便亲密起来,她也因此完全忘记了薄刃家还是那个让人畏惧并避如蛇蝎的家系。在其他人看来,能够操控人心的异能者,只会让人感到恐惧

和诡异。

在美世说出自己是薄刃家的血脉时,芙由似乎还没有什么实感,可现在面对这位看起来绝非凡夫俗子的下一任薄刃家当主,她的脸上满是瞒不住的闪躲。

"不为什么啊!正如在下刚才所言,在下是奉尧人殿下之命前来此处的。不过,对于擅闯私宅这点,在下没有什么可辩白的。夫人,真是非常抱歉。"

听到新态度无比坦率又诚恳的道歉,芙由不禁当场愣住。原本怒视着可疑擅入者的她,此时一脸茫然。

"什……啊,嗯……是这样啊!"

"是这样的!太好了,感谢您的谅解。"

"啊?"

"怎么了吗?"

芙由可没说过自己原谅了他!可在新的笑容攻势下,她似乎无法继续强硬的态度。而且,她刚才似乎也表现出了接受他的歉意的意思。

不愧是在贸易公司担任谈判人的人,新竟然一瞬间便笼络到了芙由!美世不禁暗自佩服不已。可在她放松下来的时候,新的注意力再次转回了她身上。

"那么,美世,对于擅自使用异能一事,你有什么要为自己辩白的吗?"

"没有,对不起嘛!"

美世并不后悔自己做过的事情,而且,就算辩解,她也没有自信能说服新。

看着美世低垂着肩膀默默盯着自己指尖的样子,新叹了一口气,放松了原本紧绷着的身体。

"说教就先放在一边,现在得先想办法解决眼前的问题。"说着,新将视线转向了躺在床上的男子。

"美世,你是想救这个人吧?"

"是的!"

新露出一脸"真拿你没办法"的笑容。

不过话说回来,正清刚才提到的有客人来了,指的就是新吗?可如果是新的话,他怎么到现在还没回来呢?虽然一头雾水,但美世还是将注意力集中在了跟新的对话上。

"要是他就在这里这么死了,我也会愧疚到难以入睡的,我就陪你疯一次吧。美世,准备发动异能!"

"好,好的!"

美世从没想过新会同意她再次发动异能,她震惊不已,但还是用力朝新点了点头。

"……你还打算再来一次?"

听到芙由小声地问话,美世转头望向她。

"是的!"

"为什么要……"

"婆婆……"

　　芙由从心里始终对美世抱有误解,虽然美世不知道那究竟是什么,但自己的心意似乎总是无法准确地传达给芙由。有那么一瞬间,美世迷茫了。

　　"直到前一段时间,我都还处在自暴自弃的状态。"

　　美世略带落寞地道出了这句话。自己一无所有,也无法得到任何东西,这样的人生,能早点儿结束就好了。当时的她曾经这样想过。没有梦想和希望的她,只有在思考死亡的时候才能获得片刻安宁。比起这样活着,还不如死去。她只盼着生命赶紧走到尽头。

　　"可是,老爷赐给只剩一具空壳的我一颗心,我从他那里得到了许多温暖……"

　　美世本已无力收拾那被撕得粉碎、散落一地的灵魂,是清霞用爱滋润并填满了她那空洞而干涸的心。因此,现在站在这里的美世,是吸收了清霞的爱而重生的美世。如果在此刻放弃,就等于舍弃了清霞赠予她的宝物。

　　"所以,就算我这个人和我的过去都一文不值,我也不想轻易放弃我所拥有的一切或无视我能做到的事。"

　　"你知道你现在是什么情况吗?"

　　确实,因为刚才贸然发动了尚不熟练的异能,美世的身体情况已出现了异常,除了严重的头疼及晕眩感,她还浑身无力,甚至无法站稳。因为有些反胃,她正不停地冒着冷汗。现在的她,连站着都很勉强。

自己的脸色看起来一定很差,所以就连芙由都感到不安了。

"我……我知道。"

看到美世勉强挤出笑容的样子,芙由不禁沉默下来。

"美世,这位男子为何会陷入此种状态呀?"

"啊,我……我也是在一边听到的,附近的村子似乎出现了恶鬼,村民受到了恶鬼的攻击。这个男子还声称自己的灵魂可能被恶鬼吞噬了。"

尽管美世向新做了说明,但这些情报也都是道听途说,就算新想追问更详细的情况,她也答不上来。芙由也不清楚个中缘由,而清霞与正清均不在场,就只能凭借这些不够完整的信息想办法拯救男子。

"至今真是毫无头绪。"

"对不起……"

美世因自己的能力不足而有些羞愧。要是当时听得更仔细些就好了。要是自己驾驭异能更纯熟,是个更可靠的异能者就好了!美世不停地想着这些事。

这时,新加重了扶着美世的力道,对她露出了温柔的笑容。

"你不用觉得抱歉,毕竟任务也有保密的要求,而且我也能明白久堂少校不愿让你置身陷境的心情。"

"好……"

看到美世点头,新又继续往下说:"话说回来,若说他的灵魂被恶鬼吞噬了,也不该是这副模样。灵魂被夺走了的话,肉身会

完全变成一具空壳,但他现在看起来更像是……"

　　清霞离开别墅后,火速赶往了关键所在的那间废弃小屋。在途经村庄时,他发现该事件果然在村里引发了不小的骚动。有好几个男性村民同晕倒在别墅里的男子一样,也陷入了昏迷状态。陪伴在他们身边的亲属均是满脸的担忧与不安。

　　情况真是不妙!清霞认为,这些男子的情况与被恶鬼吞噬了灵魂的情况并不一样。他们恐怕不是灵魂被吞噬了,而是被什么东西附身了。但他们的样子看上去又不完全同被附身的状态一致。如果真的被附身了,此刻男子们的肉身早就被恶鬼占据了。因此,清霞猜测这些人可能是被勉强植入了恶鬼的一部分。

　　通常来说,即使是异形,也是一条命。但要是其变成了危害人类的存在,那就必须铲除。不过,也不能肆意斩杀他们。可没想到,那个叫异能心教的组织,竟做出了这等丧心病狂的事。他们竟将分割成小块的恶鬼的灵魂或其血液、肉块植入人类体内,以打造出非完全状态的、不明显的附身状态。这些人之所以会失去意识,是因为他们的肉体对此产生了排斥反应。这是清霞检查过那名男性俘虏的身体后推断出来的。在那名俘虏的体内能感觉到恶鬼的气息。但这么做又有什么意义呢?

在思考的同时,清霞抵达了那间废弃小屋附近。

"请勿继续靠近此屋!"

前方突然传出一个低沉的声音,只见一名披着黑色披风的人伴随着脚踩落叶的沙沙声现身了。

因为清霞早已知道小屋里有人,所以并没感到惊讶,可他还是微微蹙起了眉头。

"是吗?你就是潜伏在这里的异能心教的领头人?"

"呵,汝从何得知?"

看来,眼前的这个人便是这里的领头人!清霞悄悄进入备战状态,同时回答着对方的提问。

"你跟我此前在这里抓到的那个男人不同,你是真正的异能者!"

从声音及体格来判断,这个披风人应该是男性。此外,他的身上散发着清霞极其熟悉的异能者特有的气场。不同于自己先前逮到的那个男子,这个家伙绝对是个货真价实的异能者。

"汝不愧为对异特务小队之队长久堂清霞,竟一眼看穿此点。"

"也就是说,你已掌握了这边的情报?"

目前,一切都还在清霞的意料之中。毕竟,对方早已在别墅外徘徊多日,知道自己的身份也是理所当然的。

只见披风男将一只手举向前方,下一刻,地面突然变得泥泞

不堪。想必,这便是他的异能吧?

"可能的话,吾望少校大人自行离去!"

"对不起,我拒绝!"

清霞必须在这里拿下这名男子,好让他招出跟异能心教以及这次事件的相关情报。

"真是遗憾。"男子假惺惺地轻喃了一句,地面的泥泞程度突然加剧,最后变成了一片沼泽。

操控土象……不,是操纵水象的异能吗?再不反抗的话,双足必将深陷泥沼之中。思及此,清霞立刻发动念力来支配脚下的土地。自己的能力远在对方之上,因此,这战场的支配权尚在我方手中!清霞缓缓吐着气,原本泥泞不堪的地面伴随着清脆的响声迅速冻结。

"能够操纵火象异能,随心所欲地召唤雷电,甚至还能操纵水象异能来让水结冰吗?有意思,看来吾并无胜算呀!不愧是久堂家之当主,果然名不虚传。"

"若你也出身异能家系,应该很清楚对久堂家出手最后会是什么下场。"

清霞的这番话虽然狂妄,但也是千真万确的事实。久堂家之所以能问鼎异能界,完全是靠实力。无论其它家系出动多少人,都不可能对久堂家当主构成威胁,一旦与久堂家为敌,失败是必然的。对抗久堂家唯一有胜算的可能只有薄刃家,也正因如此,辰石家曾极度渴望得到继承了薄刃家血脉的美世。久堂家便是这么不可撼动的存在。

"吾当然明白,可此乃祖师之意!"

"祖师?"

是指异能心教的教主吗?果然,这名男子也不过是受人指使才采取行动的教团一员,上面还有更高层的领军人物。

突然,一直以头巾掩面的男子敞开了双臂。

"异能是多么无敌又美好的力量呀!但现在,因为所谓的科学,异能遭到驱逐。少校大人,汝立于异能者之巅,就不因现状担忧吗?"

"确实如此,出现持有这种想法的异能者不足为奇。"

异能确实是极为美妙的力量,异能者也因持有异能而处于人类这种物种的顶端。但是,清霞他们这些异能者的肉身并不会因为拥有异能而超越人类本身的极限。就算因为身有异能而占尽上风,傲慢地觉得自己高人一等,但生而为人,终究还是肉体凡胎。就算异能日渐衰微,也是物竞天择的必然结果。

"祖师欲开创一个全新的世界,一个让众生皆能获得异能的完美世界!"

清霞大为震惊。

"在此新世界之中,凡渴望异能者,皆能得之。只要心怀渴望,众生皆可成为拥有异能的高阶族群,此乃真正平等之世界!"

真是无稽之谈!这样真的就是真正平等的世界吗?不,即使他所说的事能成真,也会很快出现新的不平等。这本身就是

个可笑至极的理想。

"现在,吾等欲在此地向理想世界迈出第一步,一切皆如祖师所愿!"

"为此,不惜让无辜的村民卷进来?"

就算男子说的是事实,他们是为了打破不平等才采取了行动,清霞也绝对无法认同他这荒诞的理论。现在,可以确定的是,异能心教为了建立所谓的理想世界,利用了村子和村里的村民。说白了,被称为祖师的家伙只是把村子当成了试验田,把村民当成了实验对象!简直不可饶恕!

"久堂清霞,若汝也心系异能者之将来,便应加入吾异能心教,信奉吾辈祖师甘水直大人之信念!"

甘水?这是清霞未曾听过的姓氏。虽然此人十有八九是异能者,但在清霞的记忆中,不存在姓甘水的家系。为避免忘记,清霞用力将这个关键词烙印在脑海中。接着,他强行结束了这段令人反胃的对话。

"拥有异能却与帝国为敌,这毋庸置疑是重罪!当诛!你做好觉悟了吗?"

"啕,果然如祖师所言,汝非吾辈同道中人。但吾已顺利完成向汝传达祖师意志之任务,就此告辞!"

说着,男子轻轻抬起手。瞬间,一股难以言喻的令人不快的气息逼近清霞,脚下突然传来土地震动的声音。在一阵足以震破耳膜的长啸后,一个身着披风、体型壮硕的恶鬼向这边迅速逼近。

瞬间，清霞意识到，这便是村民目击到的恶鬼本尊。它的额头上生有两支粗长的乳白色犄角，口中尖锐的獠牙若隐若现，虽然其身形巨大，让人很难将其同人类联想在一起，但它原来绝对是人类！这是被恶鬼附身的人类！不会错的！只是，其双眼失焦，恐怕并非处于正常的精神状态！村里那些失去意识的男性村民体内植入的恶鬼的碎片，恐怕就来自眼前这位吧。如此说来，那些人怕是也被强行赋予了恶鬼的力量。

"经研究之后，吾等得出了一个结论。"男性异能者又开口道，"异形自有其利用价值，或力量，或灵魂，抑或身体……一言以蔽之，若将其一部分植入人类体内，让其附于人类身体之上，凡人便能拥有异能。来，去吧！让无法理解吾等理想之辈好好看看！"

恶鬼那宛如野兽的狂啸声以及令人头皮发麻的磨牙声瞬间袭来，让人不禁想掩住耳朵。这个彻底被恶鬼附身的高壮身躯，一边撂倒周遭的树木，一边以惊人的速度冲向清霞。看起来，它已完全丧失了属于人类的理智。

清霞轻快矫健地躲闪着朝自己袭来的巨大身躯，并试图以念力剥夺它的行动力，可对方却企图利用恶鬼强大无比的蛮力强行突破清霞的异能束缚。

果然不像对付异能者那般轻松呀！清霞心想。

他持续输出异能，让恶鬼壮硕的身躯悬浮至空中，随后将其

用力抛向附近的树干。树干在发出一声沉闷的声响后折断了。恶鬼无力地摔至地面,一动不动。

此时,那个黑衣男子早已不见了踪影。

看来那个异能者指派被恶鬼附身之人绊住清霞之后,自己便逃之夭夭了。

清霞叹了口气,走近瘫倒在地的庞大身躯,将封魔符咒贴在了它身上。这样一来,便能暂时封住恶鬼之力,被植入了恶鬼一部分的本尊之后应该会恢复意识吧。

今日大概就这样了。

清霞起身,准备返回别墅。

另一边,正清正在农村通往别墅的路上同几名披风人对峙。

"啊呀……"

察觉到有人靠近别墅后,正清便出来查看情况,结果正好遇上了这几位"稀客"。受儿子之托,自己接下了守护别墅的重任,不过久未站在战场上的他,却因自己的身体状况在心里直打鼓。

与正清对峙的披风人共有三个,他们全都散发着诡异的气场。

"你们就是清霞所说的人造异能者吧?"

关于人造异能者的研究在异能者存在的历史长河中早已出

现,但异能本身就是人类无法完全驾驭的力量,自出生后身体便因承受异能而衰弱的正清早已用自己的实际情况证实了这一点。说到底,异能者也不过是被上天赐予了异能的普通人而已。

企图按自己的意志随意操控异能简直是不知天高地厚。人为地刻意打造异能者,开始可能会有进展得很顺利的假象,但最后均以失败收场。毕竟,天命不可违。

"所以,你们的目的是什么?把俘虏救回去还是攻击久堂家?"

没有人回答正清的问话,双方继续紧张地对峙着。

率先打破这种状态的是披风三人组。他们同时将一只手高高举起,然后做出了一个类似小型龙卷风的漩涡,将沙土、树叶卷入后,又施加异能之火,做出了一个更为巨大的漩涡。

看到这一幕,正清双眼发出光芒。

"有点儿东西呀!操纵异能的能力不错呢!不过,要是你们以为用这点伎俩就能摧毁久堂家,就太过天真了!"

久违的战场及战斗的兴奋感让正清感觉热血沸腾,竟露出了满面笑容。

真是单纯又可爱的人呀!竟然以为只要有异能,就能对久堂家动手?这种事,不存在的!

三个人造异能者操纵的漩涡飞速向正清扑来,要是直接被卷入漩涡,正清也无法全身而退。沙土、枝叶会划破他白皙的皮肤,异能之火会吞噬他的身体,高速旋转的风会将他绞成碎片。

尽管如此,正清仍选择正面迎击。

"嘿,偶尔打一架,感觉也不赖!"

自儿子清霞大学毕业后,他几乎在同一时间卸下了当主之位,带着芙由来到这里过起了隐居生活。那时,正清的身体也已到了极限,所以他并没有其他选择。不过,他从前线隐退,确实很可惜。

只见正清连手指都没动一下,便在一瞬间让冲至眼前的漩涡消失了。

"想对久堂家动手的话,这种骗小孩子的把戏可不行!再好好修行一番再来吧!"正清尽可能平静地说道,同时发动起异能。伴随着细微的咝咝声,从地面蹿出的电流瞬间捉住了披风三人组,束手无策的三人当即触电倒地。

"唉,如果是更有骨气的对手就好了。"

连热身运动都算不上,就这么结束了?清霞失望地垂下了肩膀。如果只是这种程度的对手,在清霞接到任务要来这里前,他自己处理就行了。

"算了,这也是没办法的事!"

正清一边自言自语,一边上前去检查三个异能心教教徒的情况。在卸下他们身上的披风后,正清发现三人中竟有两名女子。其中一名女子看起来二十岁上下,另一名看起来四十岁左右,剩下的那名男子看起来也就二十来岁。

"三人的身体似乎没有什么特别的共通点,莫非信徒的年龄层没有什么特征可循？要是信徒遍布各个年龄层，那还真是个大问题。"进一步观察后，正清在四十多岁的女性怀里发现了一个装着少量正红色液体的小瓶。

这肯定是恶鬼之血，不会错的。

"消灭、杀死无数异形的我或许没有资格说这种话，但你们做的事真是罪大恶极。"

不是为了求生，而是为了满足自身得到异能的欲望，便肆意玩弄他人的生命，这实在是让人恶心。不过，能在这场战斗中取得证物还是很幸运的。若是能借着这次的事件将异能心教一网打尽，就再理想不过了。但要是事情进展得不顺利，还打草惊蛇，让他们拉起警铃，事情可能会变得更棘手。正清沉思了片刻后，将小瓶子塞进了怀里，决定暂时放弃思考。

应该不会再需要自己出手了。自己已经隐退，之后的事交给清霞就好。毕竟，那是自己的儿子，现在也已成长为顶天立地的男子汉了。他既不像自己这般身体虚弱，能力方面也无可挑剔。唯一让正清担心的便是他迟迟没有结婚一事。不过，这个问题最近也快要解决了。这样想来，自己真是个幸运的人呢！

"咳咳……咳咳……"

轻咳几声后，正清将三名教徒绑了起来。

第六章　春日来临后

美世惴惴不安，满心焦虑地站在玄关。

清霞从早晨离家后已经过了好长一段时间。虽说他要去村边的废弃小屋，可这也不至于花费这么多时间。美世实在担心得不得了。

"老爷……"

"你不用这么担心啦，久堂少校不会有事的！"

尽管站在美世身旁的新一脸苦笑地安慰着她，但美世的不安丝毫没有减少。

刚才，说要出去迎接一下客人的正清回来了，但他不但带回了三个穿着黑色披风的可疑人物，还说别墅的地下室里还收容了一名同样可疑的俘虏，这在别墅里引发了一场不小的骚动。

虽然早就知道村子里发生了神秘的怪异现象，但美世对其涉及来路不明的可疑教团及异能者一事毫不知情。此时，她简直一头雾水。

"我早就猜到了这次任务凶险万分，但没想到对方也是异能者!"

"放心啦,美世!你夫君可是久堂少校,比起异形,他对付异能者更是游刃有余。再说了,你之前还想挑战更高难度的任务呢!"

"……啊,对……"

美世因罪恶感而眉毛耷拉成了八字。为了救男性村民,她打破了同表哥的约定,擅自使用了异能。不过,多亏了平日的修行与新的协助,虽然身体产生了极大的消耗并引发了不适,但最后她还是顺利地让男性村民清醒了过来。但这事稍有差池便会逼近死亡,无疑是凶险万分之事。施展异能导致的身体不适感是暂时性的,美世现在已经完全恢复了。可能的话,她实在不想告诉清霞这事,但瞒着他恐怕也绝非上策。

"美世小姐,辛苦你了!"

和美世搭话的是将新抓到的俘虏妥善安置于地下室的正清。

"公公,您才辛苦了。"

"嗯。啊!你就是那个鹤木贸易的公子哥——薄刃家的继承人——薄刃新君吧!"

听到正清的问话,新恭敬地向他鞠躬致意。

"您好,初次见面,我是薄刃新。"

"啊呀,你现在可以公然报出薄刃之名了吗?"

"是的,遵从尧人殿下的意志,从今往后,薄刃家决定慢慢公

开我们的存在。"

"这样呀!这是大好事呢!"

突然,二人的对话被打断了。

此前,美世一边听着二人的对话,一边紧盯着村子所在的方向,痴痴等待清霞现身。这时,她突然"啊"地惊呼了一声。

"老爷……"

在布满落叶的路上,远远可见清霞朝别墅大步走来的身影。看起来他并没有受伤,但好像手里拖着什么庞然大物。

"咦?"

"那是什么呢?"

站在美世身边远望着清霞的新也一脸疑惑。

已经不能只是站在这里等待了,转眼间,美世已抬腿冲出了别墅。

"老爷!"

听到美世的呼唤,原本低头赶路的清霞吃惊地抬起了头。

"美世!"

"老爷,欢迎回来!太好了,您没事!"

美世忘我地向清霞飞奔而去,一下子扑进了他的怀里,用自己的身体来确认未婚夫温暖的体温及心跳。清霞也将美世紧紧拥入怀中。

"我回来了,对不起,让你担心了!"

这时,恐惧才一下子涌上美世心头。整个人放松下来之后,她感觉眼眶一阵温热。尽管之前美世一直表现得很坚强,但她其实一直很害怕。无论是对村民使用尚未驾驭的异能,还是清霞涉身危险的战斗,这些都让她害怕不已。她总觉得,稍有差池,她便会失去自己现在所拥有的一切。

"老……老爷,您……没事就……"

明明话已经到了嘴边,美世却哽咽到喉头颤抖得说不出话来的程度。不过,温柔的清霞能明白她未能说完的心意。

"我没遇到任何危险,所以,别哭了。"

清霞温柔地拍了拍美世的背,然后压低了嗓音,确切地说,是用宛如来自地狱般低沉的嗓音开了口。

"所以,你为什么会来这里,薄刃新?"

新一脸从容地笑着走到了美世身后。

"嘿嘿,还不都要怪你!尧人殿下亲自下令让我来这里协助你。"

"尧人殿下?这样啊!"

"不过话说回来,你手上拎着的是什么东西?这猎物真够大的!你刚才是去打猎了吗?"

听到这话,美世才回过神来。她慢慢下移视线,在看清清霞拖拽着的东西后,瞬间往后方退开。

"这……这……唉!那个……人?"

这是个穿着黑色披风的体形高壮的男子。他跟清霞的体格差异,甚至比大人跟小孩的差异还要夸张。不过,拎着他赶路的

清霞却很轻松似的,气息丝毫不乱。

"说起来也算是打猎吧,因为这就是我此次任务的目标。"

清霞毫不费力地放下那个被他拖行在身后的巨大身躯,在一声沉重的钝响后,高壮男子倒在了地上。只见那高壮男子的额头上有两个曾经长有尖角的突起,尖锐的牙齿也在其嘴角若隐若现。不过,这男子真可谓彪形大汉,他那结实的手掌简直大到可以一把捏碎美世的头颅的程度。

跟这么高壮的恶鬼战斗,稍有不慎清霞便……想到这里,美世不禁生出一阵寒意。

"果然像是被恶鬼附了身呀!"

"现在,我用封魔符咒将其体内的恶鬼封印了。对了,之前的那个男性村民怎么样了?"

美世看了看新,只得硬着头皮如实相告。

"那个……我用异能将他唤醒了。"

"什么!"

清霞的目光一下子犀利了起来。

看到清霞的反应,美世因为太过害怕而差点"呜"地悲鸣出声。但是,虽然支支吾吾的,她还是继续努力地解释着。

"要……要是不想办法让他恢复意识,他恐怕撑不到现在。所以……那个……"

"你是为了让他脱离危险才使用了异能?"

"是……是的!"

美世勉强地点了点头,可下一瞬间,清霞以勒得她发疼的力道将她死死地拥入了怀中。

"抱歉,都怪我把这些事交给你……拜托你了,不要再做有危险的事了,我……"

清霞那示弱的话语让美世觉得胸口苦涩得生疼,她并没有为那时做出的选择后悔,可看到这事竟然让清霞担心成这样,她觉得自己真是做了傻事。

"对不起。"

"不,你不需要道歉!是我要谢谢你,你做得很好!"

依偎在清霞怀中的美世轻轻地点了点头。正当两人沉浸在温馨的气氛中时,一个扫兴的声音传了出来。

"我说,你们要在外面待到什么时候?我都要感冒了。"

清霞终于不太情愿地松了手,美世的身体重新获得了自由。外面的空气有些凉,但不知为何,她却觉得自己全身烫得不行,甚至快要冒汗了。

真是太难为情了!竟然又在众目睽睽之下做了这种事。

"啊呀,年轻就是好呀!在这么冷的天都能打得火热。阿嚏……咳咳……好冷呦!"

正清不正经地笑了几声,然后开始咳嗽,并打起了喷嚏。

他在说什么呀?他是在拐弯抹角地揶揄人吗?美世明显感受到了清霞的不悦。

"那你赶紧回屋里休息不就得了!就是因为你想在一旁看

别人笑话,才会冻成这个模样!"

"哈哈哈,少校,这么有意思的场面,不多看几眼就回去怎么行?"

"怎么,你也想凑热闹?"

就这样,在一片欢声笑语中,四人向别墅走去。

夜幕降临。

清霞所住的房间位于久堂家别墅的二楼,屋里还带有一个铺着华美瓷砖的开放式阳台。夜深人静之际,月光温柔地洒在阳台上,投下了倚着阳台扶手的二人的身影。

别误会,这可不是那对甜蜜的小情侣。这两个人,一个是从一大早就出门与异能心教的教徒战斗、之后又忙着处理后续事宜的清霞,一个是前来帮忙去村里安抚陷入混乱的村民的新。到了这个时候,忙得团团转的他们才终于能坐下来好好喘口气。然后,不知是谁先提出了一起喝一杯的提议,现在,二人手中都捧着盛有当地特产清酒的酒杯。

明明冬日将近,但此处却不可思议地并不怎么冷。平时水火不容的二人,此刻也因恰到好处的疲惫和微醺而十分和平。

清霞向一旁的新重新说明了事情的来龙去脉,原来这一切都是异能心教搞的鬼。他们将这一带当作试验田,将异形植入人体内,进行让普通人类获得异能的实验。先前同清霞打斗的男性异能者曾说,让清霞理解其祖师的意志是他此行的任务。虽然只是凭空猜测,但对方会选在这附近进行实验并对久堂家出手,或许都是为了完成这个任务。但若真如猜想的那样的话,新随之产生了一个新的疑问——那个祖师为何要将自己的目的告知清霞呢?

总之,这一系列的诡异现象以及对可疑人物的目击情报,大概都只是这个案件的冰山一角而已。明天帝都便会派调查人员过来协助办理,待进行更深入的调查后,应该能获得更详尽的情报。

"对了……帝都那边有什么动作吗?"

听到清霞的问话,新笑呵呵地回应道:"对异特务小队也为了讨伐异能心教出动了,毕竟政府的人也不是傻子,好像已经锁定了几个他们可能会藏身的地点了。"

这次的事将政府逼入了绝境,再这么放任异能心教不管,可能会动摇帝国的统治,给帝国带来巨大威胁。无论实情如何,他们的"无论出身高低贵贱均可得到高人一等的力量"的主张,在很多人眼中无疑是极具魅力的。

"在来这里之前,我同五道君也讨论过。虽然异能心教能驱使异能且来势汹汹,但作为能对抗异能心教的存在,上面很看好同样由异能者组成的对异特务小队。少校也快些回去为好。"

"是呀!"

有五道留在帝都,那边应该不至于发生什么大事。不过,如果队长一直不去执勤所露面的话,会影响到小队的士气。即使没有新的刻意提醒,清霞也打算明天就返回帝都了,他已经同美世跟父亲说过此事了。

这时,清霞像是突然想起了什么,从怀里取出一个东西扔给了新。新极其自然地接下了他抛过来的东西后,不禁皱起眉头。

"这是?"

"这是家父收集到的证物之一。"

装着恶鬼之血的小瓶?这应该是异能心教用于实验的道具吧?或者应该称之为"人工异能的媒介"。

"用这种东西,就能打造出一个全新的完全平等的世界吗?"新露出苦涩的表情。

"恐怕能被异能心教尊为祖师的那个人物也是异能者吧?否则他不可能对异能有那么深的理解。"

想研究异能的人,理所当然地必须对异能有很高的造诣,但在帝都,与异能相关的信息几乎等同于国家机密,不是一般人能随便研究的。所以,有能力率领异能心教的,不是异能者,就是出身于异能家系的人。

"我也这么认为!少校,你有目标吗?"

"没有。回到帝都之后有必要彻查此事。不过现在国内应该没有身份不明的异能者才是,即使是远渡重洋来的异能者也均记录在案。"

每个异能者的基本动向都在国家的管控之中。现在，政府应该也开始着手清查记录在册的异能者的全部行动了。可即便这样，清霞至今还尚未收到已查出祖师真正身份的消息，这样的话……

"……甘水直？"他轻声道出了自己记忆中的名字。

"什么！"

"好像是那个祖师的名字，也有可能是个假名。"正当清霞漫不经心地准备继续说下去时，耳中突然传入新猛地屏住呼吸的声音。

"怎么了吗？"

即使是在微亮的月光照耀下，清霞仍能看到新的脸在一瞬间变得惨白。

新愣愣地睁大了双眼，一眨不眨，像是为了强忍住反胃似的用手掩住了嘴巴。他掩住口鼻的那只手似乎在微微颤抖着。眼前这个人，完全不是平日那个凡事都游刃有余的公子哥。

"真……真的……"

"什么？"

"真的说了……甘水……直……这个……名字？"

内心满是困惑的清霞点了点头。

"嗯，确实说了这个名字，怎么了吗？"

新用颤抖的手将酒杯放至脚边，像是为了让自己冷静下来似的重重地吐了一口气。显然，他对这个名字有印象，但看到他

那一反常态无比震撼的样子,清霞并不打算即刻追问他。

"怪不得……啊,原来是这么回事,所以尧人殿下才会……"呼吸变得又急又浅的新喃喃自语起来。

"能解释一下到底是怎么回事吗?"

"说得也是,啊,正好你也来了。"

无力地望向背后玻璃窗的新,看到了正战战兢兢地朝阳台窥探的美世的身影。

"那个,对不起,我打扰到你们了?"

"没关系的。"

其实,刚刚清霞也注意到了美世的到来,只是他的注意力全部集中在了新的怪异表现上,所以并未立即回应美世在玻璃门另一边对他的呼唤。

"这件事也与美世有关,我希望让她一起听听。"

既然新这么说了,清霞也只能点头同意了。新惨白的脸上挤出微笑,向美世招手,示意她过来,让她坐在阳台的椅子上,美世则一脸不解地仰望着他。

"唉!阿新表哥,你脸色看起来很不好,还是坐下比较……"

"不用在意我,美世。这次的事情你具体知道多少?"

"啊,嗯,我知道的不多,但是听老爷说过异能心教的事。"

因为不知道这次的事件暗藏多少危险,清霞也断断续续地向美世说过这几日发生的事,尤其是关于异能心教的事。既然是和异能者相关的地下组织,过于无知反而有可能更危险。当然,清霞也没打算让美世过于深入了解此事。

"这样啊,不愧是少校,考虑得相当周全呢!"新反常地别扭地夸赞着清霞,这真是太不正常了。

"如果少校所言非虚,那与异能心教有关的所有罪行都会算到薄刃家头上。"

"这是什么意思?"

"被称为异能心教祖师的人物是甘水直,而甘水正是薄刃家的分家之一。"

听到这里,清霞大概心中有数了。直到前阵子,薄刃家还被包裹在神秘的面纱之中,若是甘水家是薄刃家的分家,其不在清霞所掌握的情报范围内也是正常的。

"不过,甘水家本身并不存在任何威胁,问题只在于甘水直这个人。"

"你知道这个男人的背景?"

"那当然。"如果可以的话,新真不想想起这个人。新的表情无比明确地传达着这一信息。

"正如少校推测的那般,甘水直是个异能者,而且是为数不多的拥有薄刃家异能的人,而且……"顿了顿之后,新朝美世露出微笑,继续说道,"他还是美世的母亲斋森澄美……不,薄刃澄美的未婚夫人选。"

听到这话,清霞和美世同时睁大了双眼。清霞头脑中浮现出美世出生之前薄刃家的情况。没错,印象中薄刃澄美原本是

要和同族的异能者结婚的,先抛开本人的意愿不谈,至少薄刃家的大家长薄刃义浪是这么打算的。当时澄美正值适婚年龄,就算家里为她物色未婚夫人选,也没有什么不可思议的。

现在,清霞已醉意全消。

"因为那也是我刚出生没多久时发生的事,所以我也不是很清楚,不过,甘水直似乎对美世的母亲抱有未婚夫以上的感情,得知薄刃澄美要嫁入斋森家后,他直接背弃了薄刃家,从此下落不明。"

"背弃?"

"是的,当然了,遵从薄刃家家规,背弃家系之人是要受到严厉制裁的,但那个时候……"

"原来如此。那时的薄刃家已经没有余力去管甘水直了。不,或许也有一个原因是他的能力相当强?"

"两者皆有。族人也曾尝试追寻他的去向,但最后全都一无所获,至今我们仍在竭力找寻他的下落。但一直没有有力的情报。"

新的脸上已明显露出万念俱灰的表情,而清霞很清楚他会如此郁闷的原因。

为什么偏偏在这个节骨眼上!

薄刃家正在慢慢转变,努力改变其与世隔绝的生活。像久堂家等普通的异能者家系那样,堂堂正正地生活,那样的未来,本已在前方了。可倘若此次事件与之有关……有薄刃家血脉的人物竟然在暗中企图颠覆国家统治,一旦此事浮出水面,薄刃一族的存续恐怕也会到此为止。

"甘水直对薄刃家怀恨在心吗?"

听到清霞这么问,新只是无力地摇摇头。那语气任谁听,都觉得新已经彻底绝望了。

"他怎么想的我也不知道。他很可能怨憎、仇恨甚至想报复薄刃家,但也有可能并非如此。但是,他会做出这种事肯定有他自己的考量。"

看着新意志消沉的模样,清霞也不好再多问什么。不过,敌人拥有薄刃家的异能——足以打倒所有异能者并能操控人心的异能——且还是一位天赋异禀、实力强大的异能者,这两点着实令人担忧。

回想起之前同新交战的场景,一般的异能者恐怕不能跟甘水直这样的对手相提并论。可以肯定地说,这是清霞目前遇到的最大的危机。

"对不起,让你们看到我这副狼狈不堪的模样,见笑了。"

"阿新表哥……"

美世担心地轻唤着新。

说起来,新曾说过他是受尧人殿下的指示前来此处的,那位不食人间烟火的皇子殿下想必早已窥探到清霞和新会发现甘水直这个人的未来了。

眉毛蹙成八字、一脸愁云的新,苦笑着拾起了原本搁置在脚

边的酒杯。

"我先回房间休息了,二位慢慢享受月色吧,不过别待太久,以免着凉。"

说罢,新踏着软绵绵的步子,缓缓地离开了阳台。今日的他,仿佛连背影都比以往瘦小了许多。

一下子接收到如此多的信息,美世一时不知该如何是好,只好抬头假装仰望星空。薄刃家的事,还有母亲的事,尽管不曾忘记,可总让她有种恍若隔世的感觉。如果把自己当成薄刃家的一员,刚才她应该对新说些什么才对,可一直以来几乎跟局外人没什么区别的自己,似乎并没有什么可说的。

"美世,冷不冷?"

"不冷的,老爷,谢谢您。"

今晚气温没有很低,再加上美世在和服外罩了一件外套,所以她并不觉得冷。虽然身体已无大碍,但此刻她的内心却波涛汹涌。或许这样的心思写在了脸上,清霞将放在阳台另一边的椅子搬了过来,在美世身旁坐下。

"……确实很棘手。"

棘手,真是精准的形容,没有比这个说法更贴切的了。最近,问题总是接二连三地冒出来,可美世不仅没有解决这些事的能力,就连自己的立场都飘忽不定。

"有没有什么……我能帮上忙的事呢?"

薄刃家把美世当作家人对待,对于没有体验过正常的亲情的美世而言,外祖父义浪和宛如亲哥哥的新都是十分珍贵的存在。美世打心底里想为他们做些什么。可连自己的问题都解决不了的美世,力量实在过于渺小。

"我觉得,那家伙应该不是想让你做些什么才说出那些事的。"

"可是……"

清霞伸出宽厚的手掌,温柔地轻抚着美世的头。

"我也一样,我只要你平平安安的就好,不希望你卷入任何危险中。这是我最大的心愿。"

那样,自己也太自私了。美世当然也希望大家都平安无事,所以她才想帮着做些什么。可是,对异能的操作还是个半吊子的她,这么想或许太不自量力了。

"薄刃家不会有事的,我会尽最大努力帮你一起守护薄刃家的。"

接着,清霞斟酌了半天,才慎重地再次开了口。

"……我能明白你此刻焦虑的心情。"

美世没想过清霞会这样说。

"我也知道你每日埋头苦练,就是想要提高自己。但是,你所追求的东西并不是一朝一夕就能做到的,这是不争的事实。"

"……是的。"

原来,清霞早就看穿了一直在美世心中打转的无力与焦躁,这让美世觉得有些难为情,不禁用手轻抚自己的胸口。

"美世,你做不到的事,便由我来做,我会代替你,连同你的份一起努力,这样不行吗?"

"老爷……"

"应该交给你的事,我会委托给你;你的力量所不及之处,便让我来填补,好吗?我想和你共度余生,所以不需要你一个人扛起所有的事。我们相互帮助、相互填补彼此不足的部分,这才是一起并肩走下去的夫妇,不是吗?"

清霞的这番话听起来像是普通的安慰,但如果只是安慰,他望着美世的双眸深处散发的热切又是什么呢?

"夫妇……并肩一起走下去……"美世在心里消化着清霞刚刚所说的话。为什么这个人总是如此清楚她真正想要什么呢?美世总是觉得,要是自己没能成为一名配得上老爷的异能者或名媛,便不能待在他的身边;要想今后继续陪在老爷身边,齐头并进,就必须尽快追上老爷的脚步。

这样的想法,一直盘旋在她的心中,折磨着她,令她焦虑不安、畏缩恐惧。这或许就是清霞说"不需要你一个人扛起所有事"的原因吧。可美世自己都不相信每天都在不懈努力的自己。

"我……老爷,我确实帮到了您吗?"

听到美世带着迷茫地犹犹豫豫地提问,清霞向她微微一笑。

"当然了！你早就成了我不可或缺的存在了,所以……"

未婚夫那宛如艺术品般完美无瑕的脸缓缓靠了过来。

美世大脑一片空白。她还来不及思考"为什么",彼此的鼻尖已靠近到了几乎相贴的程度,她条件反射地用力闭紧双眼。下一个瞬间,她的唇瓣传来温热的触感。

愣愣地睁开双眼后,她看见未婚夫白皙的脸颊上已染上樱色,正朝自己温柔地笑着。

"所以,春日来临后,你愿意成为我的妻子吗?"

"我……我愿意!"

"谢谢你。"

此时此刻此人的笑容,自己必然一生都不会忘记。已经无法思考的美世茫然地想着。

第二天早晨,美世第一次觉得迈出房门是一件如此艰难的事。

像往常一样在天亮前就醒来的她,一直躺在床上胡思乱想,直到太阳升起才磨磨唧唧地起身。

昨日的光景在她的脑海中不断地回放,美世害羞得简直要晕过去了。在那之后,自己是怎么回到自己的房间的,她已经完全没有印象了,唯一记得的,就是她没按照最初的安排同清霞住

在一个房间。这真是太明智了!在昨晚发生了那件事后,要是再跟老爷同床共枕,自己的心脏绝对会爆炸的。

可是既然是未婚夫和未婚妻,那接吻这种事……应该也是理所当然的吧?大家应该都会做的吧?美世没有年龄相仿的朋友,所以也不清楚别人会怎么做。等回到帝都,要不要问问叶月呢?不行不行不行!光是回想起来,美世就觉得自己的脸颊烫得要烧起来了,要她跟别人说出来,绝对不行!

今天,到底要用什么样的表情见老爷才好?这对美世来说是一个世纪难题,她将脸埋进雪白的枕头中,无意识地发出"呜呜"的呻吟声。

继持续思考这类毫无意义的问题后,美世又开始在意起"虽说是有婚约,可清霞为何要吻自己呀?"这种小事。

美世也已经长大,她明白,亲吻是互相有好感的男女才会做的事。进一步说,这是恋人间、特别是未婚男女间用来确认彼此心意的行为。

可……自己是老爷的恋人吗?不是的,自己只是老爷通过相亲认识的结婚对象。不过,自由恋爱结婚的人本就很少见,大多数人都是通过家里安排相亲而结为夫妻的,也有在相亲过程中觉得不合适而分开的。在缔结婚约、成为夫妇后,随着相处或许也会慢慢日久生情吧。但是,要问自己和清霞是不是已经对彼此萌生了爱意、进而转为了恋爱关系,美世的答案是否定的。

想到这里,她冷静了下来。

那老爷他为什么……那绝不可能是清霞一时兴起。以清霞的为人,他绝不会做出这种轻浮的举动。既然不是一时兴起,就一定有他的理由。

对了,老爷不是问我愿不愿意成为他的妻子吗?他一定是想告诉我,结了婚就要做这样的事了。虽然连美世自己都觉得这种想法似乎错得离谱,可除此之外,她绞尽脑汁也想不到其他原因。

一个人在这里浮想联翩真是太丢人了,还好清霞看不到自己想入非非的样子,真是不幸中的万幸。

美世"呼"地吐出一口气,从被子里爬出来,意志消沉地更衣后,走出了房间。

洗过脸后,她来到洗衣处。因为洗衣是她常做的家务活,所以今天她也同平时一样过来帮忙。但不知为何,用人们似乎已完全将她视作了少夫人,拼命地拒绝她加入。不过,在美世的恳请下,她最后还是加入了洗衣的行列。

忙了一阵子后,太阳已经完全升起来了,到了让人紧张的早餐时间。

"啊,阿新表哥,早安。"

来到餐厅后,美世发现昨天作为客人留宿别墅的新已经出现在了餐桌上。

"早安,美世。抱歉,昨天我的样子吓到你了吧。"

低眉顺眼地说着话的新看起来已恢复如常,美世稍稍放下

心来。

"没有！那个,如果有我能帮得上忙的事……"

"我没事的！"

看到新笑着摇头的样子,美世只好把没说完的话咽回肚子里。

"美世只要照顾好自己就好。正如我昨天所说,甘水直很可能对你母亲怀抱着特殊的感情。所以,他说不定会对身为薄刃澄美的女儿的你下手。当然,我会尽可能守护你的。"

末了,新竟半开玩笑地说了这么一句。

回想起来,他曾经向清霞提议让自己来当美世的贴身护卫。那时,清霞虽然没有答应,但最后还是做出了让步,同意不是以贴身护卫的身份聘用新,而是让新以教导员的身份来教导美世如何使用异能。

成为美世的教导员后,新和美世相处的时间也相应地变长了,从结果看,这也和当贴身护卫差不多。不过,据新说,清霞付给他的报酬相当丰厚,也许这一切都在清霞的计划之中吧。

"……是,我会小心的！"

"要时刻小心哟！"

明明新还是平日那副笑容满面的模样,可见过他昨天那副失魂落魄的样子后,美世总觉得他看起来让人心疼。不过,她不知该不该将自己的担心说出口。

或许是察觉到了美世的困惑,新露出了苦笑。

"其实,我很希望你一直乖乖待在家里,我想久堂少校应该也是这么想的……"

"请不要随意揣测别人的想法!"

身后突然传来清霞低沉的嗓音,美世的心脏狠狠地抽动了一下。

"哎哟,早上好,久堂少校。你说我随意揣测?难道我说得不对?"

"美世是我的妻子,有我守着,不会有任何问题。"

"妻子?你会不会太心急了?婚期已经决定好了吗?"

"明年春天。在那之前,我会解决掉所有麻烦。"

"噼里啪噼……"二人间你来我往,火花四射。被浓浓的火药味笼罩、夹在二人之间的美世,因为心跳过于剧烈而大脑一片空白。她甚至不敢回头看看身后的清霞。

或许是被她的态度惹恼了,清霞主动绕到了她面前。

"怎么了,美世?"

还问我怎么了,你明明知道原因的!虽然内心抱怨着,可美世当然不可能这么开口抗议。看到那张贴到自己面前的绝美容颜,美世感觉一股热气瞬间从脚尖窜至头顶,喷发而出。

"老……老爷,早……早早早安。"

"嗯,早安,你的脸好红啊!"

"没没没……"

否认的话就在嘴边,美世却紧张到口齿不清。她感觉自己害羞极了,倘若现在地上有道缝,她立马就钻进去。

新露出玩味的笑容,像是看好戏似的打量着手足无措的美世。

"少校,昨晚我离开之后,你对美世做了什么吗?她看起来有点儿反常哎!"

"没做什么。"

清霞淡淡地回答。

美世用双手遮着发烫的脸颊,默默地等待自己平复下来。三人正有一搭没一搭地说着话,正清和芙由一起来到了餐厅。对话随着他们的到来中断了,要是新再继续追问下去,美世会受不了的,她暗自松了口气,把心放回了肚子里。与此同时,她实在不明白清霞为何能如此冷静。

难不成,是因为昨天老爷喝了酒,喝醉了所以什么都不记得了?不会的不会的,那更不可能了。清霞的酒量简直可以说是千杯不醉,再说他也不是那种喝醉就会断片的人,所以不可能是因为喝醉忘了。

清霞在餐桌前入座后,美世悄悄望向身旁。

总觉得……昨晚发生的事好像一场梦呢!看到清霞毫无波澜、一如往常的样子,美世忍不住这么想。不过,不知为何,美世总觉得芙由的视线在不时地飘向自己。

在这种状态下平静地吃完早餐后,美世准备回自己房间去,就在这时,清霞突然开口了。

"美世。"

"在……在!"

听到清霞的呼唤,她停下脚步转过身来。在发现清霞比她想象中还靠近自己后,美世惊讶得微微跳了一下。

"嗯?"

在她不自觉地要往后退的时候,清霞一把揽住她的腰,将她拉向了自己,美世的大脑当即陷入一片混乱。此时,清霞竟附在她耳边轻声低语,耳朵能清晰地感受到他呼出的热气,美世顿觉眼前一阵天旋地转。

"美世,希望你别忘了昨晚发生的事……那就是我的心意。"

"唉……啊!啊。"

心意?那是……是老爷的心意!所以……这是什么意思?

压根没有恋爱经验又彻底陷入混乱的美世,实在想不明白清霞这番话是什么意思。不过,清霞似乎很清楚她在想什么。

"不用太焦虑,现在不理解没关系,总有一天你会明白的。"

说完,清霞退开了原本贴着美世的身子。美世则只是呆呆站在原地,茫然地目送他的背影离开餐厅。

房间里,美世已将行李基本收拾妥当。

再过一会儿,她就要离开别墅回去了。在检查有没有忘记

打包的物品时,美世的脑海中再次浮现出了在这里发生的种种事情。

到头来,自己跟婆婆的关系还是没有丝毫进展……美世相信自己和芙由的关系绝对没到交恶的程度,但也没有什么改善,美世想和芙由建立良好关系的愿望算是彻底落空了。想到自己不仅没有拉近清霞和家人的关系,还让清霞和芙由的关系更加紧张,她就更过意不去了。

果然,一开始不去做多余的事就好了。抑制不住地消沉起来的美世将视线转向了搁在床上的一件衣服上。

难得有机会来向公公婆婆问安,自己本来想穿这件的,可只顾着一个人高兴,却忘了别人会不会接受自己,真像个大傻瓜!穿成这样说不定又会惹婆婆不快吧……

美世伸手轻轻抚摸着这件可爱的淡紫色洋装,这是她拜访别墅之前,和叶月一起外出采买的。因为想穿给清霞看看,美世原本想在回程路上换上,不过,把洋装从行李箱里拿出来后,她又没有穿它的勇气了。

该怎么办呢?

正当美世一个人陷入纠结之时,突然传来一阵敲门声。

"请问哪位?"

"少夫人,是我,苗。可以进去吗?"

"是,请进!"

得到美世的许可后,苗轻轻打开房门走了进来。

"少夫人,本来是想帮你一起收拾行李的,不过,看来已经没有帮忙的必要了。"

原来是为了这事啊。一般来说,这种事应该交由用人负责的,但美世不知不觉间便自己全都做完了。

"真……真是对不起。"

"不,您完全不需要道歉。说是要帮您收拾行李,其实这只是借口……"

"咦?"

借口?什么借口?看到苗那欲言又止的样子,美世大惑不解。

"我说你!"突然,一声尖锐的指责声打断了美世的思考。

"我不是交代你不要说出那件事吗,苗!"

房门后,今天也身着华美礼服的芙由怒气冲冲。

"婆婆?"

"真是的,不是说了不要这么叫我吗!一个个的,怎么每个人都这么不听话啊,完全不听我的命令,真是烦死了!"芙由一脸不开心地抱怨道。

自昨天那件事后,除了用餐时间,芙由几乎没跟美世碰过面,难道是因为她对美世已经不满到了极点吗?而她现在之所以会出现在这里,是为了把积压的怨气一次性发泄出来?看到芙由满目鄙夷地向自己靠近,美世不由得绷紧了身体。

"你们要回帝都去了,是吗?真是让人神清气爽的好消

息呢!"

果然如美世所想,从芙由那漂亮的唇瓣中吐出来的仍旧是尖酸刻薄的话语。

"是的……那个,给您带来诸多困扰,真的非常抱歉……"

"是呀!简直是一场灾难呐!我衷心希望你们再也别来了!"

"夫人!"

"苗,你这个叛徒,给我闭嘴!真是的,你们都偏向这个小丫头!我可是心知肚明!"

听到苗的劝阻,芙由反而语气更强硬了。

确实,这栋别墅里的用人现在都已完全认同美世这个少夫人了,但这就等同于背叛了不认同美世的芙由。

轻哼了一声后,芙由将视线转移到了摊在床上的那件洋装上。

"这是你的衣服?"

满心不安的美世轻轻地点了点头。

"是……是的,这是……"

"是吗?看起来倒不是什么便宜货。"

那是叶月陪美世一起到百货公司买的洋装,虽然是叶月强烈推荐的款式,但美世在芙由面前一下子没了自信。

"什么啊,垮着一张脸给谁看啊!真是让人倒胃口,清霞也真是的,明明是我的儿子,眼光却差成这样!"

"非常……抱歉。"美世低眉顺目地道歉道。

她什么都做不到,也什么都改变不了,美世觉得这样的自己或许已经连站在芙由眼前的资格都没有了。她现在唯一能做的,只剩下不要让芙由对她的印象变得更差了。就像在娘家那样,除了一个劲儿地赔罪,她什么也做不了。美世知道这样的自己很没出息,这样的认知也比任何恶毒的话语都更让她难受,她感觉自己的泪水就要夺眶而出。

"呼,真痛快!虽然我想这么欢呼,但老爷可能会觉得我又在欺负你,然后对我发火。麻烦你能不能别老哭哭啼啼的!"

"非……非常抱歉。"

可越是急着憋回泪水,泪水就越是不断地向外涌。

明明不可以哭的!一个劲儿地道歉,然后流泪,这跟过去的自己有什么差别!就如美世无法改变自己同芙由的关系那样,会不会连她自以为已经有所改变、有所成长的自己,也只是假象而已?自己其实还是那副可怜虫的样子,在原地踏步,根本没有任何长进。芙由说的没错,过去是无法改变的。那么,在那样的过去中长大成人的自己,或许也是无法改变的。想到这些,美世感觉双脚似乎陷进了无底沼泽中,绝望无比。

"你的道歉让人很不爽,你知道吗?"

"啊?"

"这样不停地道歉有什么意义呢?道歉的次数越多,就越让人觉得你没有诚意,没有任何价值的赔罪也只会让别人更加

厌烦。"

不需要道歉！美世没有忘记清霞以前对自己说的话。随意道歉，只会让道歉本身变得廉价。她又重蹈覆辙了。

自己真是蠢得无可救药呀！

"我不会同情你的过去，也不会接受你那令人生厌的赔罪，更不可能认同你这不知礼数的丫头。"

芙由的话听起来坚定而不可动摇。

美世觉得那是源自她心中的某种坚如磐石的意志，而这种强硬与坚持是美世所没有的。要是能跟这样的芙由变得亲近该有多好。之所以不能被她认同，完全是因为自己太没用了。

"但是……"

就在沮丧万分的美世拼命克制夺眶而出的眼泪时，她听到了芙由接下来出人意料的发言。

"你确实尽到了身为清霞的未婚妻应尽的职责。"

"咦？"

在美世吃惊地抬起头来的同时，芙由打开扇子掩住了自己的下半张脸，逃避似的移开了视线。

"你可别误会，你貌若无盐、不知礼数、鹑衣鹄面、阴郁自卑、缺乏教养、瘦如干鸡、毫无气质，甚至连一点儿自尊心都没有，只是个勉强够得上最低标准的姑娘。"

芙由的恶语宛如连珠炮般向美世扫射过来，美世完全来不及反应，只能听之任之。

"但是,你虽然拥有异能,却没有拿这件事反驳我,或是向我示威……"

芙由的这句话极轻,似乎还没传入美世的耳中,就消散在空气中了。下一秒,她又像是突然回过神来似的,再次以高亢的嗓音开了口。

"你为了清霞愿意付出一切的心意,倒是勉强达到了让我觉得'认同你也不是不行'或者说'勉强认同你好了'的程度。"

听到芙由这么说,慢半拍的美世只是一脸茫然地回应道:"哦。"

婆婆的话听起来好复杂,她到底是什么意思啊?……没反应过来的美世只能站在原地傻傻地望着芙由。

看她反应如此迟钝,芙由的双颊瞬间涨得通红。

"够了,把手伸出来!"

"是……是!"

一头雾水的美世乖乖地伸出双手,只见有个东西轻飘飘地落在了自己掌中。那是个用白色蕾丝带缝制而成的小巧可爱的蝴蝶结。美世越来越不理解眼下是什么情况了。

"这是我年轻时用过的东西,也就是个不会再戴第二次、跟过时的垃圾没什么区别的便宜货,不过,这种东西最适合你了!"

"那个,您……是要把它送给我吗?"

"这怎么可能!我说了,这是垃圾!垃圾!反正你看起来也很喜欢干用人的工作,就帮我拿去扔掉吧!"

"可是……"

这个蝴蝶结看起来并没有因为漫长的岁月而变得陈旧,反而像是被主人一直好好珍藏着,所用的蕾丝也十分精细,绝不可能是什么便宜货!对芙由来说,能一直珍藏至今的蝴蝶结也绝对不会是什么垃圾。

芙由"哼"了一声,瞪了困惑不已的美世一眼,再次用尖锐的嗓音开口道:"你听好了,这是垃圾!垃圾!如果你想要这个垃圾的话,偷偷据为己有也无妨。反正,那本来就是我打算扔掉的东西。"

一口气说完这些话的芙由气势汹汹地走出了美世房间。原本夺眶而出的泪珠及笼罩心头的绝望感此刻已不知去了哪里,美世说不出一句话,只能呆头呆脑地目送芙由离去。

不知为何,她竟有种暴风雨过后天空放晴的感觉。

"这个……要怎么处置呢?"

掌心里的蝴蝶结虽然被芙由说成是垃圾,但在美世看来却完全不是这回事。因此,她绝对没法把它扔掉。在美世不知如何是好的时候,还留在房间里的苗解答了她的疑问。

"抱歉,少夫人,我个人觉得您可以就这样收下这个蝴蝶结呢!"

"可……可以这样吗?"

"可以的!虽然这只是我个人的推测,但我觉得夫人是打算将它送给您的!"

根据美世这几日的观察,最为年长的苗似乎是用人中最了解芙由的人。虽然芙由从没明说,也从没表示过,但从芙由的言语态度中也可以看出,她最器重苗。既然苗都这么说了,应该不会错的。

"那个,真的……可以吗?"

从芙由刚才的言谈举止中,美世实在看不出她有要送自己礼物的意思。

"夫人似乎对少夫人有了新的认识,我想这个蝴蝶结或许可以说是夫人认同了少夫人的证明,若是您不肯收下,反而会让夫人不开心吧。"

"婆婆她……认同我……"

刚刚被芙由彻头彻尾地贬低了一通的美世,实在不敢相信这样的事实,她半信半疑地将蝴蝶结放到了房里的梳妆台上。

"少夫人,要是您不嫌弃的话,更衣完毕后,我用这个蝴蝶结替您梳个发髻吧!"

"啊……好!"

苗的提议让美世心动极了。白色的蝴蝶结跟这身淡紫色的洋装一定很相配。不过,这么做真的可以吗?芙由将蝴蝶结交给美世的时候,可是再三强调这只是个垃圾呢。

或许是察觉到了美世的困惑,苗向她微微一笑,说:"夫人确实有性烈如火的一面,对自己看不顺眼的人和事物也比较苛刻。但她心肠并不坏,或者可以说是相当善良,只是因为言行不够坦

率,才给人留下了刁蛮任性的印象。"

"言行不够坦率……"

"昨天,少夫人尽力救助村民的表现或许让夫人打心底感到佩服吧,虽然她不会直接说出来。"

美世试着回想芙由刚才的话。

"你为了清霞愿意付出一切的心意,倒是勉强达到了让我觉得'认同你也不是不行'或者说'勉强认同你好了'的程度。"

虽然这话兜了好几个圈子,把她都绕晕了,但是现在仔细回想起来,芙由当时的意思应该是……她愿意认同美世,认同美世愿意为清霞付出一切的心意!容易让人误会的言辞、心直口快的个性,这样的芙由似乎跟美世熟悉的某人很像!

老爷和婆婆的性格有几分相似呢!美世忍不住"嘿嘿"地傻笑出声。

刚到清霞所在的那间小屋时,清霞也曾用极其冷漠的态度对待她,而且坊间一直盛传清霞冷酷无情、杀人不眨眼。可接触后才知道,清霞其实是个相当温柔的人,只是不善言辞、不会表达罢了。想明白这些后,就算清霞表现得有些冷漠,美世也会想要会心一笑。

在这一点上,婆婆和清霞或许是一样的吧!这么一想,压在美世心头的巨石一下子消失了,她顿时感觉轻松了很多。

"少夫人,别墅里的所有用人都愿意尽心尽力地服侍您。所以,希望您日后务必常来此处。"

尽管还很模糊,但美世心中似乎长出了一颗名为希望的小小种子。

"会的,我一定会再来的!"

两人相视一笑后,美世再次开始整理行李。

除了美世,大家都已聚集在了玄关。

此刻的美世,心里是说不出的紧张。

这是她第一次正式穿上洋装。虽然苗一直夸赞说非常适合她,但一想到要在众人面前亮相,美世的心还是狂跳不已。洋装与和服不同,整体长度偏短,腿下漏风的感觉让美世有些不安,也非常害羞。

她扭扭捏捏地躲在阴影处时,身后传来一个熟悉的声音。

"你躲在这里干什么呢!"

看着这优雅无比的站姿,除了芙由还能是谁。她似乎也刚来。

"我觉得很紧张,所以……"

"哎呀,你已经有数不清的缺点了,现在似乎还要加上一条——没出息呢。"

美世哑口无言。

"你真的戴上这个蝴蝶结了呀!"

"啊,是的!"

苗帮美世梳了个相当漂亮的发髻,头顶的头发被扎了起来,余下的头发则自然散下,听苗说这叫公主头。当然了,用来固定头发的,便是这个白色蝴蝶结。

"哼,这么看稍微像样了。毕竟这是我曾经用过的发饰,当然会提高你的档次。"

"非常感谢您。"

听到美世真诚的道谢,芙由有些别扭地别过脸去,嘴硬道:"你觉得感激是应该的!"

下一刻,她突然用没有拿扇子的手将美世猛地推向前方。

"啊……"

在毫无预警的情况下出现在玄关的美世,一下子成了焦点,众人的目光都聚集在了她的身上,她顿时感觉大脑一片空白。

"啊呀,美世很适合洋装呀!"

正清略带轻佻的赞美最先传来。

"啊……是……"

移动视线后,美世找到了同样注视着自己的清霞和新,于是很自然地向他们走去。

二人之中,先开口的是新。

"美世,这身打扮非常漂亮,既美丽又可爱,让人想一直盯着看呢!"

"谢谢阿新表哥的夸奖。"

怎么办？脸颊好烫。因为害羞,美世不自觉地重复着交握手指再松开的动作。她的视线游移不定,最终还是和清霞交汇了。在四目相对的瞬间,清霞向她露出了温柔的笑容。

"那个……老爷……您……您觉得……怎么样?"

"嗯,非常适合你,很可爱!"

被老爷夸奖的喜悦与吃惊让美世的脸颊持续升温,她慌忙用手掩住自然而然上扬的嘴角。

老爷夸我可爱呢……此时,美世的心仿佛浸在了蜜糖之中。

清霞竟然会说出这种甜言蜜语!虽然美世很期待听到清霞的夸赞,但她完全没想到清霞会夸自己可爱,她觉得整个人都轻飘飘的,这或许就是飘飘欲仙的感觉吧!

"啊呀!我家老气横秋、一板一眼、呆板无趣的傻儿子竟然会夸别人可爱呢!小芙由,这可不得了,不认可这个儿媳可是不行啦!"

"关我什么事!我可不记得我养大过一个一脸没出息、傻不拉几地夸一个丑女的儿子!堂堂帝国好男儿,太让人唏嘘了,啧啧啧!"

不过,二人的调侃并没有传入当事人的耳中。

清霞一行恭敬地向别墅的众人道了别,最后正清又分别对三人嘱咐了几句。

"清霞,举办婚礼的时候,一定要邀请我们呀!我会跟小芙由一起送去祝福的!"

"到时候我考虑看看。"

"还有薄刃家的小少爷,这次招待不周,你完全没能好好休息,下次就单纯地来游玩一次吧!"

"好的,我一定来泡泡温泉!"

"美世小姐,我家的臭小子就拜托你了!"

"是!"

待美世等人坐上车后,正清又赶紧补上一句:"保重身体!"

清霞别扭地轻声回应:"该保重身体的是你才对!"

正清似乎还觉得不够,以大到夸张的幅度挥手向他们道别。

在正清夸张的送别动作下,美世、清霞、新三人踏上了返回帝都的路。

终章

为了执行这次的任务，对异特务小队兵分几路采取行动。在几天之前，异能心教还被称为无名教团，是个令政府伤透脑筋的神秘组织。可在久堂清霞前往郊区农村出差后，竟意外获得了推进相关调查的核心情报。因此，主要负责对付异形的对异特务小队，收到了这样的指令：

中央已经锁定了异能心教相关可疑分子可能出没的某个场所，小队听令，立即前往指定地点进行镇压！

既然是政府指定的地点，那肯定是相当重要的窝点，几乎可以百分之百确定有多名异能心教教徒藏身于此。既然是会使用异能的敌人，就应该派遣同样会使用异能的精锐部队去正面交锋，上面大概是这么个意思。

尽管有些抗拒，但五道佳斗还是率领部下来到了位于帝都郊区的一座废弃寺庙。

"全体都有,各就各位!"

五道一声令下,四名下属立马行动起来,按照事前拟好的作战计划,分别从四个方向围住了寺庙。在五道打出暗号后,剩下的两名下属瞬间抽出军刀,同五道一起冲进了寺庙的正堂。

"我们是帝国军……嗯?"

原本已进入战时状态的五道此时却皱起了眉头。

这接近废墟的寺庙正堂空荡荡的,不见一个人影。根据情报,在白天的这个时间段都会有几个人待在破庙里,怎么现在半个人影都没有?

虽然在准备突击前,五道等人在周遭确认过情况,但对方也不像是察觉到了五道等人的动向藏了起来。

"五道大人,这跟我们得到的情报不一样!是对方碰巧不在吗?"

"但这也太奇怪了!上级既然把情报发给了我们,就证明他们已经反复确认过消息的准确性了,应该相当可靠才对。总之,不要掉以轻心!"

五道不敢大意,在回答下属疑问的同时,警惕地环顾着正堂四周的情况。

最先引起他注意的是一个画在墙上的看似教团纹章的巨大图样。这里既然有这个图样,就代表异能心教的教徒曾聚集于此地。

"是陷阱……吗?那会是什么样的陷阱呢?"五道不解地喃

喃自语。

但是他们已经事先确认过了,这里既没有物理陷阱,也没有施过术的痕迹。

"五道大人,我们已经再次搜查过了,并没有发现任何可疑的人或物。"

这样的话,难道是情报有误?在这种非常时期,可容不得这种失误!

不,等等,也有可能是我们遗漏了什么重要线索……就在五道努力思考之时,隐约传来了一种类似火烤物体时发出的"滋滋"声。

突然,一个巨大的看似炸弹的物体出现在五道的视野中。那庞然大物乍一看像是用火药堆积起来的引线炸弹,但只要好好看看它的构造,便知道那东西不只是爆炸一下那么简单。而且,最糟糕的是,那根引线前端的橙红色火焰正在急速向炸弹本体靠近。

五道的血液仿佛瞬间凝固,下意识地大喊:"全员张开结界!"

下个瞬间,在一声巨响后,无数狰狞的巨大火舌吞噬了整座寺庙。

虽然才离开几天,但下车后,迎面而来的帝都繁华的空气却让人莫名怀念。乘坐了长时间的火车后,三人顺利踏上了帝都中央车站的月台。

"悠闲的乡下小镇和村庄也不错,不过还是帝都让人有安全感啊!"

"是啊。"

听到新说安心下来了,美世也放心地点点头。清霞则对新射出了质疑的眼神。

"一个在贸易公司上班的公子哥说什么呢!"

"是是是!我确实常年奔波于各种地方,但我的据点毕竟还是这里嘛!"

热闹非凡的帝都,愉快交谈的三人,在旅途中一直紧绷着的美世此刻终于慢慢放松了下来。不过,原本你一言我一语、互不相让的清霞和新突然不约而同地沉默了下来,然后露出严肃的表情。

"之后,就该忙起来了吧!"

"是啊!"

异能心教、甘水直以及薄刃家,问题堆积如山。接下来迎接他们的必然是一段食不暇饱、焦头烂额的日子。美世见状,也自然而然地认真起来。虽然自己能做的事相当有限,但是她想竭尽所能地协助这两个人。因此,她绝不能一个人悠闲地躲在安全地带,她必须更加勤奋地修行,尽快熟练掌握薄刃家的异能才行。

三人一边穿梭于熙熙攘攘的人群之中,一边讨论着接下来的事。

"我必须去向尧人殿下禀报,不过,也不急于一时,就让我护送美世回去吧!"

"好,麻烦阿新表哥了!"

"也好,那就拜托你了,我得先去执勤所问问五道最新的情况……"

突然,清霞的话中断了,新也停下了脚步,美世跟着停了下来,不解地望向二人。正当她想开口询问他们怎么了的时候,美世的背后突然生出一股寒意,冻得她起了一身鸡皮疙瘩。

虽然摸不着头脑,但她能感觉出有什么不对劲!怎么回事?原本热闹喧嚣的人声突然远去,仿佛只有美世一行人被隔绝在了这个世界之外。与此同时,她还感受到一种诡异的、夹带着强烈又无法形容的恐惧的异样感。

"这是……"

"好像是薄刃家的异能!"

听到二人冷静的声音,美世稍微安下心来,但她却凭借动物的求生本能察觉到了有危险即将袭来,忍不住咽了咽口水。

究竟发生了什么事?

这个问题的答案,在下一瞬便被揭晓了。

在仅剩美世三人的世界里,无声无息地浮现出了一个人影,

不断逼近他们。

"初次见面,久堂家当主、薄刃家下一任当主,以及……"

吾之爱女!

此刻,灾厄幻化为人形,出现在了美世一行人面前。

后记

各位读者,许久不见。

我是在小说第一卷出版后,收到了不少"我不知道怎么读""不会写""记不住你的笔名"的吐槽,但现在开始被人安慰说"这个笔名很好、很醒目"的颚木亚玖弥。

承蒙大家关照,《我的幸福婚姻》第三卷也顺利出版了。作为作者,看到美世和清霞的故事延续下去,真的很开心。而且,这一卷甚至意外地以"下集待续"的悬念结束了(因为可能有些读者会先看后记的部分,所以我尽可能避免剧透)。我一边沉浸在"这样可以吗?"的不安中,一边干劲十足地创作着,彻彻底底地享受到了写作的乐趣,每天脑子里盘旋的都是"那个人的命运会如何呢"。

此外,在第三卷中,我顺利地让早就构思好了的清霞的双亲登场了!写作的时候,我觉得这两个人还蛮有久堂家的双亲的"风范"的,不知道各位看官觉得如何呢?

在第三卷出版的同时,由高坂丽灯老师绘制的《我的幸福

婚姻》漫画版的单行本第一卷也正式出版了！我在此强烈推荐,漫画版真的非常棒！一定、一定、一定要来读读看！此外,漫画版也在史克威尔艾尼克斯公司的《ガンガン ONLINE》上持续连载,请大家多多关照。

　　接下来,要感谢被我添了比上次、上上次更多麻烦,却仍然尽心尽力地协助我出版的责任编辑老师,我实在无颜面对您,只能再次表示真诚的感谢。

　　还要感谢为我绘制了绝美封面插图的月冈月穗老师,您笔下的美世和清霞总是美到让我惊叹得说不出话来的程度,在此我要向您表示由衷的感谢！

　　最后,要感谢继第一卷、第二卷之后再次购买本系列图书的各位读者,非常感谢你们的陪伴。多亏了你们的鼓励与支持,才会诞生本系列图书的第三卷,希望大家都能看得开心！

　　那么,期待未来与大家再次相见！

颚木亚玖弥